Stamm | Agnes

Lektüreschlüssel XL

für Schülerinnen und Schüler

Peter Stamm

Agnes

Von Wolfgang Pütz

Reclam

Dieser Lektüreschlüssel bezieht sich auf folgende Textausgabe:
Peter Stamm, *Agnes. Roman*, Frankfurt a. M.: Fischer Taschenbuch Verlag, [24]2016.

Lektüreschlüssel XL | Nr. 15455
2017 Philipp Reclam jun. Verlag GmbH,
Siemensstraße 32, 71254 Ditzingen
info@reclam.de
Druck und Bindung: Elanders Waiblingen GmbH,
Anton-Schmidt-Straße 15, 71332 Waiblingen
Printed in Germany 2025
RECLAM ist eine eingetragene Marke
der Philipp Reclam jun. GmbH & Co. KG, Stuttgart
ISBN 978-3-15-015455-7
reclam.de

Inhalt

1. Schnelleinstieg

Autor	Peter Stamm, geb. am 18. Januar 1963 in Scherzingen (Kanton Thurgau, Schweiz)
Entstehungszeit von *Agnes*	• 1983 erste Skizzen • 1993 Entwurf einer 80-seitigen *Agnes*-Novelle (unveröffentlicht) • 1997 Hörspiel-Version • 1998 Veröffentlichung des Romans im Arche Verlag, Zürich
Ort der Handlung	Chicago (und das Umland)
Zeit der Handlung	9 Monate (April bis Neujahrstag des Folgejahrs), in der Mitte der 1990er Jahre

Den literarischen Texten Peter Stamms wird wiederholt das Merkmal der inhaltlichen und stilistischen ›Einfachheit‹ zugesprochen. So erscheint Dagmar Leupold der *Agnes*-Roman als »ein bestürzend einfaches Buch«[1]. Ulrich Greiner meint in einer paradoxen Formulierung, dass das »Schwierige an den Büchern des Schweizer Schriftstellers Peter Stamm« darin liege, »dass sie so einfach«[2] seien.

1 Zit. nach: *www.welt.de/print-welt/article538366/Das_Taschenbuch.html* (8.12.2016).

2 Ulrich Greiner, *»Im Schnee. Was der Schweizer Schriftsteller*

Tatsächlich handelt *Agnes,* bei oberflächlicher Betrachtung, von der im Grunde alltäglichen Liebesgeschichte eines ungleichen Paares. Die vordergründig auffällige Besonderheit der Erzählung besteht ›lediglich‹ – wie etwa in Goethes *Werther* auch – in der Tragik des in ihr dargestellten Gefühlskonflikts und seines tödlichen Endes.

Mehr als eine alltägliche Liebesgeschichte

Bei genauem Hinsehen jedoch erweist sich diese Erzählung sehr rasch als ein literarischer Gegenstand, der in spezifischer Weise die existenzielle Problematik des modernen Individuums und seiner gesellschaftlichen Situation veranschaulicht. Die Romanhandlung illustriert eine Reihe von psychosozialen Phänomenen, die heute allgegenwärtig sind. Sie lassen sich mit Begriffen wie Vereinzelung und Vereinsamung, Verdinglichung und Selbstentfremdung, Bindungsunfähigkeit und Sinnverlust des Menschen nur grob umschreiben. Die beiden Romanhelden wirken bereits zu Beginn wie hoffnungslose Figuren einer hermetischen Welt, in der die Beziehung zu anderen Menschen an der Brüchigkeit der eigenen Identität, an der Angst vor dem Leben mit seinen natürlichen Implikationen und im Zweifels- oder Konfliktfall am Rückzug in die eigene Innerlichkeit scheitert.

Scheiternde Beziehungen

Das ›Schwierige‹ des Romans *Agnes* beruht auf der Anstrengung, unter der Oberfläche zweier an sich eintöniger Lebensvollzüge die seelische Vielschich-

Peter Stamm alles kann und weshalb er nicht darauf vertrauen sollte«, zit. nach: *www.zeit.de/2001/36/200136_l-stamm.xml* (10. 11. 2016).

tigkeit von Menschen zu entdecken, die in der relativen Ereignislosigkeit ihrer Existenz nur schwer zugänglich sind. Der Schlüssel dazu liegt in der Auseinandersetzung mit den Formen poetischer Kodierung, welche der Erzählung *Agnes* erst ihre eigentliche Komplexität und Konsistenz verleihen. »Das Geheimnisvolle«, so sagt Agnes bei der Betrachtung von Kristallgitter-Röntgenbildern, »ist die Leere in der Mitte« (45).

Komplexe poetische Struktur

2. Inhaltsangabe

Der Roman handelt von der mehrmonatigen, im Verlauf unglücklichen und im Ergebnis (möglicherweise) tödlichen Liebesbeziehung eines aus der Schweiz stammenden und vorübergehend in Chicago lebenden Sachbuchautors mit einer US-amerikanischen Physikerin namens Agnes. Der einleitende Satz »Agnes ist tot« (9) verweist bereits auf das Ende der Erzählung, dessen Umstände zu der Vermutung Anlass geben, dass die Protagonistin sich in der Silvesternacht das Leben genommen hat, indem sie sich in einem städtischen Park der eisigen Winterkälte aussetzte (wenn dies auch angesichts der Unzuverlässigkeit des Erzählers letztlich offenbleiben muss).

■ Beginn mit dem Ende

Der Mann mittleren Alters und die deutlich jüngere Frau begegnen sich in einem Bibliothekssaal der Chicagoer Stadtbücherei, wo er an der Erstellung eines Manuskripts über amerikanische Luxuseisenbahnwagen und sie an ihrer Dissertation in Physik arbeitet. Nach zahlreichen, sich über mehrere Wochen erstreckenden Wiederbegegnungen bei Kaffee und Zigaretten sprechen sie im Verlauf eines ersten gemeinsamen Abendessens in einem Restaurant erstmals über persönliche Themen. Der Tag nach der folgenden Liebesnacht in der Wohnung des Mannes sowie ein späterer Aufenthalt in ihrer Wohnung geben Anlass zu intimen Gesprächen über den Tod und das Leben, über negative Erinnerungen an Kindheit, Ju-

■ Bibliotheksbekanntschaft

■ Liebesbeziehung

gend und Erwachsenenalter sowie über Fragen des literarischen Schreibens.

Schreibprojekt

Letztere führen schließlich zu Agnes' Vorschlag, dass ihr Geliebter eine Geschichte über sie schreiben solle. Die Durchführung des Projekts erfolgt in zwei Phasen: Zunächst bringt der Erzähler die Ereignisse der gemeinsamen Vergangenheit in Erinnerung, bevor er schließlich nach Erreichen der Gegenwart zukünftige Geschehnisse und Handlungen fingiert. Dabei werden ursprünglich nur in der Phantasie imaginierte Szenarien wie etwa ein Umzug der Geliebten und eine eheähnliche Gemeinschaft in der Wohnung des Erzählers durch Formen des Rollenspiels direkt in die Wirklichkeit umgesetzt.

Allmählich jedoch verlieren der in der Manier eines Drehbuchautors schreibende Mann und die Frau als die Figur, welche die ›Regieanweisungen‹ mit ihm ausführt, das Interesse an den zumeist banalen Skripten der Fiktion. Sie führen zwar gezielt Unternehmungen im Sinne der Textvorlage durch (Museums- und Zoobesuche, Wanderungen), doch empfindet der Verfasser die konkrete Realisierung seiner Vorstellungen im wirklichen Leben bald als »Hohlweg« (80), der den Traum von einer idyllischen Zukunft in die Richtung eines Albtraums zwingt, in dem sich die Liebenden im Hass entzweien. Schließlich kommt es in der Beziehung tatsächlich zu Konflikten, als etwa der Ich-Erzähler seine Teilnahme an einer von Agnes freudig erwarteten Halloween-Party verweigert. Bald darauf vollzieht sich ein vorläufiger Bruch innerhalb

Konflikte und Bruch

der Partnerschaft. Ursache für Agnes' Entscheidung, die gemeinsame Wohnung umgehend zu verlassen, ist ein heftiger Disput, bei dem der Ich-Erzähler Agnes veranlassen will, ihre Schwangerschaft durch eine Abtreibung zu beenden.

■ Verhältnis zu Louise

In der Zwischenzeit lernt der Sachbuchautor Louise kennen, die Tochter eines französisch-amerikanischen Ehepaares und Angestellte einer auf die Vermietung von Güterwagen spezialisierten Firma. Wiederholt schläft er mit der unverheirateten Frau, die auf ihn eine große erotische Anziehungskraft ausübt. Während sie an einer dauerhaften Beziehung mit ihm interessiert ist, weist er ihre Avancen schließlich ab.

■ Agnes' Fehlgeburt

Eine Fehlgeburt bringt Agnes und den Ich-Erzähler wieder zueinander. Als er erfährt, dass es ihr schlecht geht, begibt er sich nach erstem Zögern zu ihrer Wohnung und versucht, sie zu trösten. Den Verlust des Kindes kompensiert Agnes durch die an den Erzähler herangetragene Bitte, die Niederschrift der gemeinsamen Geschichte fortzusetzen. Der Erzähler verändert die Gegebenheiten darin insofern, als er im Einverständnis mit Agnes so tut, als ob das Kind geboren worden wäre und noch leben würde. Eine andere Form der Verdrängung der Tragödie besteht in Einkäufen, bei denen Agnes der vermeintlich zur Welt gekommenen Tochter Margaret Kleidung und Spielzeug kauft.

■ Verdrängungsversuche

Sehr rasch jedoch gelangt sie zu dem Bewusstsein, dass die Simulation von Szenen, in denen das Kind noch existiert, »krank« und »eine Lüge« (119) ist. Sie verlangt von dem Ich-Erzähler eine wirklichkeitsgemäße Darstellung ihres Lebens, vernichtet die Babyartikel und wirkt in ihrem Verhalten zunehmend distanziert, während sie zugleich mit sportlichen, musikalischen und beruflichen Aktivitäten zu den Routinen des Alltags zurückkehrt.

Abkehr von der Wunschfiktion

Der Ich-Erzähler entwickelt währenddessen eine ›realistische‹ Version vom Schluss der Geschichte, in der die Protagonistin in der Neujahrsnacht die Wohnung des Mannes verlässt und sich in einem städtischen Park auf den eisigen Waldboden legt. Obwohl er die düstere Darstellung vom Ende der Beziehung und vom Tod der Frau durch eine idealtypische Variante ersetzt, welche von der Fortsetzung des Liebesverhältnisses handelt, liest Agnes beim Einschalten des Computers den immer noch abgespeicherten Text unter dem Namen »Schluss2«, der sie beim Aufbruch in die Kälte der Nacht zeigt. Als der Ich-Erzähler vom Besuch einer Silvesterparty zurückkommt, während der er auch erneut mit Louise geschlafen hat, findet er eine leere Wohnung vor, aus der Agnes sich für immer entfernt hat, um (das suggeriert jedenfalls der Ich-Erzähler) das Handlungskonzept der ersten Version der Geschichte in die tödliche Tat umzusetzen.

Die Fiktion wird Realität

3. Figuren

Agnes

Der Roman schildert die (möglicherweise) letzten Lebensmonate einer jungen Frau aus der Perspektive eines Ich-Erzählers, so dass die Darstellung ihrer Person in der Begrenztheit der Außenwahrnehmung subjektiv gebrochen und bruchstückhaft bleibt. Im Ganzen ist die Geschichte, in welcher der Ich-Erzähler die Geliebte zur Protagonistin einer privaten Fiktion macht, nur sehr bedingt als Quelle für biographische Informationen geeignet.

Der groben Skizze ihres äußeren Erscheinungsbildes (sie »war schlank und nicht sehr groß, ihr braunes Haar war schulterlang und dicht, ihr Gesicht war bleich und ungeschminkt«; 14) stellt der Beschreibende eine neutrale Bewertung ihrer Gesamtwirkung auf den Betrachter voran (»nicht auffallend«). Dieses pauschale Urteil wird jedoch abschließend durch den Hinweis auf ein besonderes physisches Merkmal positiv eingeschränkt (»Nur ihr Blick war außergewöhnlich«) und durch einen außergewöhnlichen synästhetischen Vergleich (»[...] als könne sie mit ihren Augen Worte übermitteln«; 14) in einem einzelnen Detail revidiert.

■ Biographische Daten

Die ersten konkreten biographischen Informationen über die Titelfigur erhält der Leser im Schlussteil des 3. Kapitels (vgl. 20). Demnach promoviert die 25-jährige Diplom-Physikerin im Rahmen einer Teilzeit-Assistentenstelle am Mathematischen Institut der Chicago University mit einer Dissertation über die »Symmetrien der Symmetriegruppen von Kristallgittern«. Außerhalb ihrer wissenschaftlichen Tätigkeit wirkt sie als Cello-Spielerin in einem privaten Kreis von vier Streicherinnen mit, mit denen sie wöchentlich im Quartett musiziert. Knappe Angaben zu ihren weiteren künstlerischen Interessen (Malerei, Lyrik), zu ihrer Wohnsituation (»Studio in einem der Außenviertel der Stadt«; 20) bleiben zunächst ebenso vage wie diejenigen zu ihren familiären Verhältnissen. Erst im weiteren Verlauf der Erzählung werden Hinweise darauf, dass sie in Chicago aufgewachsen und ihr Vater bereits seit längerem pensioniert und gemeinsam mit ihrer Mutter nach Florida gezogen ist, durch zusätzliche, stets fragmentarische Aussagen Stück für Stück ergänzt, so dass sich ihr Persönlichkeitsprofil schließlich in einem begrenzten Umfang vervollständigt.

Persönlichkeitsstörung

Den Eindruck einer gravierenden Persönlichkeitsstörung vermitteln bereits Hinweise auf ein übersteigertes Ordnungsbedürfnis, das sich unter anderem in ritualisierten Verhaltensweisen und im künstlichen Arrangement ihrer Privatsphäre äußert. Die junge Frau überquert Straßen nur auf den dafür vorgesehenen Fußgängerstreifen und respektiert unbedingt die elektronischen Signale der Verkehrsführung (vgl. 19). Ihr Wohnzimmer wirkt trotz offenkundiger Versuche zu einer ›gemütlichen Einrichtung‹ und zu einer Belebung des Interieurs durch Topfpflanzen (vgl. 38 f.)

»unbelebt, als sei es seit Jahren von keinem Menschen betreten worden« (39). Der Sterilität der Einrichtung des Wohnraums entsprechen automatisierte Verhaltensmuster, so beispielsweise die Neigung zur schematischen Bereitstellung von Arbeitsmaterialien in der Universitätsbibliothek (vgl. 13; 17) und die gestische ›Zelebrierung‹ von Handlungen beim Essen (vgl. 61 f.). Einen Mangel an Flexibilität lässt auch die gewohnheitsmäßige Fixierung auf Orte des täglichen Lebensvollzugs im Wohnviertel (Geschäfte, Waschsalon, Restaurant; vgl. 44) erkennen.

Gleich zu Beginn des Romans fallen wiederholte Hinweise auf die negative Grundhaltung der Titelfigur auf: Sie mag »die Wohnung nicht, nicht das Haus, überhaupt die ganze Innenstadt nicht« (12) und erklärt, dass sie »überhaupt nicht gern« (23) esse. Sie »mag Fahrstühle nicht«, weil für sie mit ihnen die Furcht verbunden ist, dass man »den Boden unter den Füßen [verliert]« (49). Ihre seelische Belastung manifestiert sich in indirekten und direkten Hinweisen auf Unsicherheit (»wieder verschüttete sie etwas Kaffee«; 17), auf eine starke Angst vor dem Tod (vgl. 23 f.) und auf eine tiefe Einsamkeit, die sie das nächtliche Klopfen in den Heizungsrohren als Momente der Geborgenheit erfahren lässt (vgl. 45 f.). Der Ich-Erzähler berichtet von Beobachtungen, nach denen sie im Umgang mit fremden Menschen eine absolute Berührungsangst, jedoch im Umgang mit Dingen einen permanenten Berührungszwang zeigt: »Sie streifte mit der Hand Möbelstücke und Gebäude, an denen sie vorüberging. Kleinere Gegenstände tastete sie oft richtiggehend ab, als könne sie sie nicht sehen. Manchmal roch sie auch an ihnen, aber wenn ich sie darauf hinwies, schien sie es nicht bemerkt zu haben« (62). Die zur Obsession gewordene Kontaktsuche mit leblosen Objekten ist demnach Ausdruck einer unbewussten Suche nach Selbstvergewisserung in einer Welt, in der zugleich die sinnliche Erfahrung menschlicher Beziehungen als elementare Bedrohung wahrgenommen wird. Die Form der karteikastenmäßigen Archivierung, in der Agnes ihre Korrespondenz mit den Familienangehörigen und wenigen Freunden verwaltet, dokumentiert den Grad der Distanz und der Entfremdung, in dem sie sich anderen Menschen gegenüber befindet: »In einer alten Schachtel waren Briefe und Postkarten, sortiert nach Absendern. Auf kleinen Registerkarten stand ›Eltern‹, ›Großeltern‹, ›Onkel/Tanten‹, ›Cindy‹, ›Herbert‹« (112).

Menschliche Distanziertheit

Die äußerliche Statik von Lebensraum und Lebensführung sowie die Anzeichen einer neurotischen Form der Lebensbewältigung, zu der etwa auch ein übermäßiges Bedürfnis nach Ordnung und Sauberkeit zählt (vgl. 112; 123), sind in erkennbarer Weise als Reaktionen auf die Dramatik von persönlichen Erlebnissen in der Vergangenheit der jungen Frau zu verstehen. Agnes' Erinnerungen an Kindheit, Jugend und Erwachsenenalter sind in der Regel mit destruktiven Erfahrungen und Gefühlen verbunden: So assoziiert sie die regelmäßigen Kirchbesuche mit ihren Eltern und ihre Teilnahme am Unterricht der Sonn-

Negative Erlebnisse

tagsschule mit dem einfältig-naiven Gottesbild einer klumpfüßigen Lehrerin und mit den frühen Anfängen ihres eigenen Glaubensverlustes (vgl. 27). Ihre vom Vater erzwungenen Aufenthalte in Pfadfinderlagern sind im Gedächtnis geprägt durch den Widerwillen gegen die naturhaft-primitiven Lebensumstände in der Gemeinschaft mit anderen Mädchen (vgl. 32) sowie insbesondere durch den Unfalltod einer ihr verhassten Mitschülerin. Dass sie auf den Tod der Nachbarstochter Jennifer mit Gleichgültigkeit und auf die vorzeitige Heimkehr aus dem Zeltlager mit Erleichterung reagierte, begründet Agnes, die offenbar Einzelkind ist, damit, dass der eigene Vater dem verstorbenen Mädchen anscheinend größere Zuneigung als ihr selbst entgegenbrachte (vgl. 33).

■ Vaterbeziehung

Die wenigen weiteren Male, in denen Agnes von ihrem Vater berichtet, legen die Vermutung nahe, dass ihr Verhältnis zu ihm zerrüttet ist (vgl. 40). Wie dem Vater gegenüber, dem sie einerseits mangelnde Liebe und andererseits unkontrollierte Eifersucht vorwirft, erscheint auch das Verhältnis zu dem arbeitslosen Schauspieler Herbert ambivalent: Nachdem sie mit ihm getanzt und er sie geküsst hat, unterhält sie mit ihm eine mehrjährige platonische Beziehung, die – zumindest in intensiven Briefwechseln (vgl. 113) – während ihrer einzigen echten Liebesbeziehung bis in die Zeit unmittelbar vor ihrem Tod fortdauert. Zum Zeitpunkt ihres Konfliktes mit dem Ich-Erzähler wegen dessen Ablehnung ihrer Schwangerschaft kündigt sie an, nach der Geburt des Kindes

■ Beziehung zu Herbert

zu Herbert nach New York zu ziehen (vgl. 94). Obwohl es sehr fraglich ist, ob Agnes tatsächlich ernsthaft an ein Zusammenleben mit Herbert denkt, fühlt sich der Ich-Erzähler in seiner Eifersucht auf den mutmaßlichen Nebenbuhler bestätigt (vgl. 94). Bei ihrem zweiten Gespräch mit dem Ich-Erzähler berichtet Agnes von einem Erlebnis ihres Freundes Herbert, in dem dessen traumähnliche Begegnung mit einer fremden Frau im schwarzen Kleid als Sinnbild für Agnes' Bindungsunfähigkeit gedeutet werden kann (vgl. 19).

Symbolträchtige Begegnung

In einem literarischen Versuch, den der Ich-Erzähler in schroffer Weise disqualifiziert (vgl. 42), obwohl er ihn für besser hält »als alles, was [er selbst] in den letzten zehn Jahren geschrieben hatte« (43), thematisiert Agnes in der Beschreibung einer Frau-Mann-Beziehung die Angst vor dem Identitätsverlust (vgl. 42). Die erzählerische Miniatur zeigt eine Person, deren Ich sich in der engen physischen, aber wortlosen Gemeinschaft mit einer namenlosen Figur bis zur Unkenntlichkeit verändert. Einzig durch den Entschluss zum Aufbruch (*»Ich muss gehen. Ich stehe auf. Ich verlasse das Haus.«*) entkommt sie der Selbstauflösung in einer paranoid erfahrenen Intimität mit einem gespenstischen Wesen. Indem jedoch die Beschreibung der Flucht die zu Beginn der Szenerie gebrauchten Formulierungen wiederholt – auch hier heißt es: *»Ich muss gehen. Ich stehe auf. Ich verlasse das Haus.«* –, verwickelt sich die Erzählerin in den ausweglosen Teufelskreis einer Existenz, in der weder Nähe noch

Agnes' Schreibversuch

Distanz zum Menschen als Befreiung aus Angst und Einsamkeit erfahren werden. Auch die Sicht des Ich-Erzählers auf das Leben ist ausdrücklich durch Bilder von der Vereinzelung des Menschen und von der Ausweglosigkeit des Daseins bestimmt: »Wir denken, wir leben in einer einzigen Welt. Dabei bewegt sich jeder in seinem eigenen Stollensystem, sieht nicht rechts und links und baut nur sein Leben ab und versperrt sich mit dem Schutt den Rückweg« (127).

Beziehung zum Ich-Erzähler

Im Zusammenleben mit dem Ich-Erzähler scheint Agnes sich körperlich und seelisch zu öffnen. Mit ihm macht sie, wie sie sagt (vgl. 26), ihre ersten sexuellen Erfahrungen, doch wirkt der Bericht von der Liebesnacht aus der Perspektive des Ich-Erzählers leidenschaftslos und banal (vgl. 26). Eine Folgeszene zeigt, wie die unbekleidete Geliebte ihre Hand so aus einem Kippfenster herausstreckt, dass sie in der optischen Loslösung vom übrigen Körper wie verselbständigt erscheint (vgl. 26). Wenn auch hier das Motiv der Entfremdung vom eigenen Körper, das in dem literarischen Versuch zum Ausdruck einer verstümmelten Selbstwahrnehmung gerinnt, vorweggenommen ist, so zeigt sich Agnes gegenüber dem Ich-Erzähler anfangs in der Lage, eine Liebesbeziehung zu führen, die durch die Praxis gemeinschaftlichen Lebens und durch Indizien einer echten Gefühlsbindung Züge der ›Normalität‹ aufweist. So vermittelt beispielsweise der Bericht von einer Wanderung der beiden durch einen Nationalpark vorübergehend den Eindruck eines Zustands der innigen Verbundenheit und des persönlichen Glücks, als sie nach einer Liebesnacht im Zelt ein morgendliches Bad im Fluss nehmen (vgl. 75 f.).

Nicht erst hier allerdings zerbricht diese Scheinwelt an der Forderung, dass der Ich-Erzähler über Agnes eine Geschichte schreiben soll (vgl. 48), die ihren Ansprüchen nur in fiktionalen Momenten der Illusionsbildung, nicht aber in solchen der Desillusionierung genügen wird (vgl. Kapitel 10, 53–55). Auf einen Vorschlag ihres Geliebten hin zieht sie zwar zu ihm (vgl. 66), kehrt jedoch wieder in ihre ehemalige Wohnung zurück (vgl. 94 f.), als sie erfahren muss, dass das Kind, das sie erwartet, von dem Vater nicht gewollt ist (vgl. 89 f.). Nach dem traumatisch erlebten Verlust des ungeborenen Kindes (vgl. 109 ff.) richtet sie sich erneut in der Wohnung des Ich-Erzählers ein (vgl. 114 ff.), bevor sie in der Neujahrsnacht für immer verschwindet. Aus den Informationen des Berichts lässt sich schließen, dass sie sich in der Weise das Leben genommen hat, wie es ihr der Schlussteil der über sie verfassten Geschichte suggeriert: Demnach begibt sich Agnes im Zustand einer fiebrigen Erkältung bei eisiger Außentemperatur in den städtischen Park, wo sie sich in der Dunkelheit des Waldes auf den schneebedeckten Boden legt und erfriert (vgl. 150–152). Zu beachten ist aber, dass dies die Perspektive des Ich-Erzählers wiedergibt; was tatsächlich passiert ist, bleibt offen.

■ Suizid nach der Vorlage?

Der Ich-Erzähler

Der namenlose Mann ist deutlich älter als seine 25-jährige Freundin, zu der er sagt, dass er fast ihr Vater sein könne (vgl. 26). Wie diese lebt der gebürtige Schweizer in Chicago, wo er »an einem Buch über amerikanische Luxuseisenbahnwagen« (13) arbeitet. Die berufliche Tätigkeit als Autor von Sachbüchern sichert ihm den Lebensunterhalt. Er wohnt in der 27. Etage eines im Zentrum gelegenen 34-stöckigen Hochhauses (vgl. 25), liest morgens in seinem Stammcafé die Zeitung und beginnt mittags mit der Arbeit (vgl. 67). Als er sich zunehmend auf die Geschichte über Agnes konzentriert, kann er es sich finanziell offenbar leisten, bei seinem Verleger mehrfach durchzusetzen, dass die Fertigstellung und Publikation des Manuskripts auf einen späteren Zeitpunkt verlegt wird (vgl. 63; 67).

■ Sachbuchautor

Der Ich-Erzähler, dessen äußeres Erscheinungsbild bis auf eine einzige Ausnahme (»›Dein Haar wird langsam dünn‹, sagte Agnes, ›du wirst alt.‹«; 142) unerwähnt bleibt, führt in der Großstadt, die er noch nie zu Exkursionen in die umgebende Region verlassen hat (vgl. 32), ein völlig isoliertes Leben in der Anonymität und hat sich nach »einige[n] gescheiterte[n] Beziehungen« zum Zeitpunkt unmittelbar vor der Begegnung mit Agnes »mit [s]einem Alleinsein abgefunden« (15).

■ Single-Existenz

Seine allmähliche Annäherung an die zunächst fremde Frau vergleicht er mit einem Vorgang der ›Gewöhnung‹ »an ein neues Kleidungsstück […], das man erst für einige Zeit in den Schrank hängt, bevor man es wagt, es anzuziehen« (22). Bei einem spätsommerlichen Spaziergang durch einen städtischen Park mit Picknick-Aufenthalt wirkt die schlafende Geliebte auf ihn »wie eine unbekannte Landschaft« (38). Später heißt es: »Das ganze Gesicht schien mir fremd, unheimlich, und doch war es mir, als sähe ich es wirklicher als jemals zuvor, unmittelbar. Obwohl ich Agnes nicht berührte, hatte ich das beängstigende und zugleich berauschend schöne Gefühl, sie wie eine zweite Haut einzuhüllen, ihren ganzen Körper auf einmal dicht an mir zu spüren« (59). Mit der Intensivierung der Liebe fühlt er »eine fast körperliche Abhängigkeit« und hat »das demütigende Gefühl, nur ein halber Mensch zu sein, wenn sie nicht da [ist]« (61). Das Bedürfnis nach ständiger Nähe ist dabei gekoppelt an ein Bild der Bedrohung: »Ich hatte zum ersten Mal in meinem Leben das Gefühl, etwas dringe von außen in mich ein, etwas Fremdes, Unverständliches« (61). Der Angst vor dem Selbstverlust durch Selbstpreisgabe an einen anderen Menschen entspricht eine grundsätzliche Bindungsunfähigkeit des Ich-Erzählers, die sich massiv in der egozentrischen Logik seiner unmittelbaren Reaktion auf Agnes' Mitteilung ihrer Schwangerschaft äußert: »›Agnes wird nicht schwanger‹, sagte ich. ›Das war nicht … Du liebst mich nicht. Nicht wirklich.‹« (89). Die reflexhafte Abwehr der Tatsache, dass beide ein Kind erwarten, kulminiert in der grammatischen Form der Distanzierung von der werdenden Mutter, die er nicht mehr direkt anredet, son-

■ Bindungsangst

dern in der Logik der von ihm verfassten Geschichte als dritte Person darstellt (»Sie ist nicht schwanger«; 90). Die panische Ablehnung der eigenen Vaterschaft ist in einer dreifachen Leugnung formuliert (»Ich will kein Kind. Ich kann kein Kind gebrauchen […]. Ich brauche kein Kind«; 90) und im Habitus Ausdruck einer narzisstischen Grundhaltung, die ihn daran hindert, Verantwortung zu übernehmen.

Zugleich flüchtet er sich aus der Wirklichkeit heraus in die Fortsetzung der Fiktion einer Geschichte über seine Geliebte: »Es war mir, als lebte ich nur noch in der Geschichte, als sei alles andere unwichtig, unwirklich, als sei es Zeitverschwendung zu essen, zu schlafen« (139).

Louise

Während seiner Teilnahme an einer Halloween-Party der nationalen Bahngesellschaft Amtrak wird der Ich-Erzähler von einer Frau »mit einem leichten französischen Akzent« (84) angesprochen, die sich angesichts des vorbeiziehenden Umzugs von kostümierten Menschen, unter denen sich auch Agnes befindet, spöttisch über das nächtliche Spektakel im Besonderen und über die Geschichtslosigkeit der US-Amerikaner im Allgemeinen (»Es sind Wilde […], dekadente Wilde«; 86) äußert. Es handelt sich um Louise, die Tochter eines seit seiner Heirat wohlhabenden französischen Getreidehändlers und seiner aus einer erfolgreichen und renommierten Chicagoer Familie

■ Tochter aus besten Verhältnissen

stammenden Frau. Sie wohnt seit 15 Jahren im Haus ihrer Eltern in Chicago, wo sie nach Abschluss ihres Studiums in der »Public-Relations-Abteilung der Pullman Leasing, einer Firma, die Güterwagen vermietet« (85), arbeitet.

Die gebildete und gesprächige Frau führt den Ich-Erzähler durch das kulturell bedeutsame, dem Sachbuchautor aber anscheinend unbekannte Stadtviertel, in dem sie lebt (vgl. 102). Einige Tage später ermöglicht sie ihm die Besichtigung der ehemaligen Pullman-Werke, einer Industriebrache mit den Hallen der Waggonfabrik und den stillgelegten Konstruktionsanlagen (vgl. 105). Beim Besuch des Pullman-Archivs kommt es zwischen den beiden zum Austausch von Zärtlichkeiten, die von Louise mit den lakonischen Worten »Du liebst mich nicht, und ich liebe dich nicht. Es ist nichts dabei [...]. Hauptsache, wir amüsieren uns« (106) kommentiert werden. Als er der Einladung Louises und ihrer Eltern zur Teilnahme an einer Neujahrsparty folgt, zögert der Ich-Erzähler nicht, mit Louise in deren Appartement zu schlafen.

Körperliche Intimitäten

Louise zeigt sich enttäuscht und verärgert, als sie anschließend feststellen muss, dass ihre ganz pragmatischen Versuche, den beruflich erfolgreichen Mann dauerhaft an sich zu binden, erfolglos bleiben. Auf der – von ihren Eltern aktiv unterstützten – Suche nach einem Lebenspartner hat sie die Erfahrung gemacht, dass ihre sexuelle Verführungskraft nicht ausreicht, um Liebe zu ›erzeugen‹ und ihre Sehnsucht nach der

Resignation und Verachtung

Erfüllung eines privaten familiären Glücks zu stillen. Nach offenbar zahlreichen Bemühungen, ihren Status als unverheiratete Frau zu verlieren, gelangt sie zu einer resignativen Haltung der Verachtung gegenüber der Unfähigkeit von Männern, auf positive Impulse zustimmend zu reagieren und verbindlich zu handeln: »›Ihr Männer seid Idioten‹, sagte Louise, ›ihr könnt nur lieben, wenn ihr zurückgestoßen werdet. Große Worte, immer diese großen Worte. Zwischen uns war […] etwas, heute nacht, und das war schön. Und morgen nacht könnte es wieder sein, und dann von Nacht zu Nacht noch ein paarmal. Und vielleicht würde mehr daraus‹« (146 f.).

4. Form und literarische Technik

Die Struktur des Romans

Der Roman ist in 36 Kurzkapitel unterteilt, deren Umfang in der Regel von knapp drei bis maximal sechs Seiten reicht. Abweichend zählt das Kapitel 8, das vom ersten Zusammensein der beiden Liebenden in Agnes' Wohnung handelt, mehr als acht Seiten, während das Schlusskapitel 36, das den Ich-Erzähler nach Agnes' Verschwinden einsam in seiner Wohnung zeigt, sich auf lediglich kaum mehr als die Hälfte einer einzelnen Seite beschränkt.

Das erste und das letzte Kapitel eröffnen und schließen die Rahmenhandlung, die erste Dimension der Erzählung, innerhalb derer sich der Ich-Erzähler die Erinnerung an Agnes und an seine Liebesbeziehung mit ihr rückblickend ins Gedächtnis ruft (auch extradiegetische Ebene genannt). Während das Kapitel 1 mit den einleitenden, für den Leser zunächst rätselhaften Sätzen »Agnes ist tot. Eine Geschichte hat sie getötet« (9) bereits das (mögliche) Ende der Titelfigur vorwegnimmt, verweist das Kapitel 36 zurück auf die Intimität des gemeinsamen Zusammenlebens. Die beiden Szenen der Rahmenhandlung, die atmosphärisch durch die einsame Trauer des Ich-Erzählers über den Verlust der geliebten Frau bestimmt sind, konzentrieren sich auf die Wiedergabe von filmischen Aufnahmen, die Agnes im Verlauf eines Ausflugs zum Nationalpark *Hoosier National Forest* mit

Erste Dimension: Rahmenhandlung

einer geliehenen Kamera gemacht hatte. Der ausführliche Bericht von der dreitägigen Exkursion erfolgt in dem Doppelkapitel 15 und 16, also etwa in der Mitte des Gesamtwerks.

Zweite Dimension: Binnenhandlung

Die retrospektive Schau auf die Vergangenheit folgt der Chronologie der Ereignisse von der ersten Begegnung des Sachbuchautors mit der jungen Physikerin (Kapitel 2) bis zu deren endgültigem Verschwinden aus seiner Wohnung (Kapitel 35). Diese Dimension wird auch als Binnenhandlung oder intradiegetische Ebene bezeichnet und umfasst alles, was innerhalb der erzählten Welt liegt (zu der hier auch der Ich-Erzähler als Beteiligter am Geschehen gehört). Markante Orientierungspunkte zur zeitlichen Rekonstruktion der Begebenheiten sind die wiederholten kalendarischen Informationen, häufig zu Beginn eines Kapitels. Insbesondere diverse Hinweise auf Fest- und Feiertage ermöglichen indirekt eine genaue oder ungefähre Datierung in der Form der folgenden Übersicht:

Kap.	Zeitangabe	Handlung
2	»im **April** letzten Jahres« (13)	erste Begegnung des Ich-Erzählers mit Agnes in der Stadtbibliothek von Chicago
4	»nach ein paar Wochen« (22)	gemeinsames Abendessen im Restaurant, vor dem zuvor eine junge Frau auf dem Bürgersteig gestorben ist; erste Liebesnacht

Kap.	Zeitangabe	Handlung
7 8	»Ich fuhr für fünf Tage nach New York« (34) »Am Sonntagvormittag kam ich aus New York zurück« (38)	beruflich bedingte Abwesenheit des Ich-Erzählers von Chicago
9	»der Abend des dritten **Juli**« (47) »Unabhängigkeitstag« (4. Juli)	Spaziergang am Ufer des Michigansees; Agnes' Bitte um die Niederschrift einer Geschichte über sie
11	»In den folgenden Wochen« (56) »spät im **August**« (57)	Arbeit des Ich-Erzählers an einer Geschichte über Agnes (Vergangenheit und Gegenwart)
11	»Anfang **September**« (57)	Ausflug in einen städtischen Park
12	»Wenige Tage nach unserem Ausflug« (62)	Fortsetzung der Arbeit an der Geschichte über Agnes (Entwurf einer Zukunft); Zusage einer Abgabe des Manuskripts über Luxuseisenbahnwagen »bis Weihnachten« (63)
13	»Ende September« (66)	Agnes' Umzug in die Wohnung des Mannes

Kap.	Zeitangabe	Handlung
1 15	»Columbus Day« (10) »Der zweite Montag im **Oktober** war Columbus Day und wir nutzten das verlängerte Wochenende« (70)	dreitägige Wochenendwanderung des Paares durch den Nationalpark *Hoosier National Forest*
18	»Zu Halloween, dem letzten Tag im Oktober« (83)	getrennte Teilnahme des Paares an Halloween-Partys; erste Begegnung des Ich-Erzählers mit Louise
19 20	»gegen Morgen« (87) des 1. **November**	Tag der Mitteilung von Agnes' Schwangerschaft; Streit des Paares; Agnes' Auszug aus der Wohnung des Ich-Erzählers
21	»Einige Tage später«; »vielleicht eine Woche nach Agnes' Auszug« (96) »Der November war kalt und regnerisch« (96)	vergebliche Versuche des Ich-Erzählers zur Kontaktaufnahme mit der Geliebten; Tatenlosigkeit, Passivität, Alkoholkonsum; Wiederbegegnung mit Louise, die ihn zu einem Essen an Thanksgiving einlädt
22 23	vierter Donnerstag des Monats November: »Thanksgiving« (98)	Aufenthalt des Ich-Erzählers im Elternhaus Louises; Besichtigung der ehemaligen Pullman-Industrieanlagen; Andeutung sexueller Beziehungen

Kap.	Zeitangabe	Handlung
24 25 26	»Als ich nach Hause kam« (107): vermutlich Ende November / Anfang **Dezember**	Fehlgeburt; Agnes' Rückkehr in die Wohnung des Ich-Erzählers
27 28	Vorweihnachtszeit »Es war Advent« (121)	Weihnachtseinkäufe am Samstag (vgl. 117); Zusammenleben des Paares
29	»Wir feierten Heiligabend« (125) 24. Dezember	gemeinsamer Abend; postalische Einladung von Louise zur Teilnahme an einer Neujahrsparty; Liebeserklärung von Agnes: »Weil ich dich liebe, nur dich« (129)
30	»Am nächsten Tag« (130) 25. Dezember	Entscheidung zur Fertigstellung der Geschichte über Agnes; Niederschrift des Schlusskapitels
31	»am nächsten Morgen« (134) 26. Dezember	Veränderung der Schlussversion der Geschichte durch Niederschrift eines *happy end*
32	»in den nächsten Tagen« (139)	Schwebezustand
33	»Silvesterparty um Mitternacht« (142)	Teilnahme des Ich-Erzählers an Louises Silvesterparty
34	»drei oder vier Uhr« (146) am Neujahrstag (1. **Januar**)	Rückfahrt des Ich-Erzählers von der Silvesterparty; Agnes' Verschwinden

Kap.	Zeitangabe	Handlung
1 2	**Januar** »vor neun Monaten« (9) »im April letzten Jahres« (13)	Rückblick auf das Geschehene

Tragödienmodell

Der Aufbau des Textes folgt dem klassischen Phasenmodell der Tragödie, auch wenn die dramatischen wechselseitigen und internen Konflikte der beiden Hauptfiguren nicht sogleich offen erkennbar werden; erkennbar ist unter der Oberfläche einer sich anbahnenden Liebe zunächst lediglich, dass Mann und Frau in vielfältiger und subtiler Weise an sich selbst leiden:

- Exposition (Präsentation der handelnden Figuren und ihrer wechselseitigen Beziehungen)
- Steigerung (Agnes' Impuls zur Produktion einer Geschichte über ihre Person)
- Höhe- und Wendepunkt (Schwangerschaft, Trennung des Paares, Fehlgeburt)
- Retardierendes Moment (erneute Formierung einer Lebensgemeinschaft)
- Katastrophe (mutmaßliche Selbsttötung der jungen Physikerin, Rückfall des Erzähler-Ichs in seine ursprüngliche Isolation)

Einschübe

Die lineare Struktur der Handlung im engeren Sinne (Geschichte der Liebesbeziehung) wird in ihrem chronologischen Verlauf an mehreren Stellen durch eingeschobene Reminiszenzen der Protagonisten und durch Nebenhandlungen durchbrochen, die durch zusätzliche Informationen die Psychogramme der Figuren vertiefen.

Kap.	Seite	Ereignis
2	18 f.	Agnes erzählt von dem Bericht ihres Freundes Herbert über seine Begegnung mit einer unbekannten Frau
4	22 f.	Tod einer jungen Frau auf dem Gehsteig vor einem Restaurant
5	27	Agnes' Bericht vom Besuch der Sonntagsschule in der Zeit ihrer Kindheit
6	30 f.	Bericht des Ich-Erzählers über früh gescheiterte Versuche zum Verfassen literarischer Texte
6	32 f.	Agnes' Bericht vom Tod einer Mitschülerin während eines Pfadfinderlagers
7	34–37	fünftägiger berufsbedingter Aufenthalt des Ich-Erzählers in New York; Darstellung der Begegnung mit einer »unförmig dicke[n] Frau« (34) während der Hinfahrt im Nachtzug
8	40 f.	Agnes' Bericht von ihrer ersten Begegnung mit Herbert; die Erinnerung an den Flirt ist verbunden mit derjenigen an einen heftigen Streit mit ihrem Vater, der ihr vorwarf, ein »Flittchen« (40) zu sein.
17	80 f.	Wiedergabe einer albtraumhaften Vision von einem heftigen Beziehungsstreit zwischen Agnes und dem Ich-Erzähler

Kap.	Seite	Ereignis
18	84–86	erste Begegnung mit Louise
20	92 f.	Bericht des Ich-Erzählers von einem viele Jahre zurückliegenden Vorfall (»Ein Kondom war geplatzt«; 92), nachdem er sich mit der Möglichkeit eines gemeinsamen Kindes mit seiner damaligen Freundin hatte auseinandersetzen müssen
21 23	96–99 100–103 104–106	Phase des Alleinseins des Ich-Erzählers, nachdem Agnes sich von ihm getrennt hat; Wiederbegegnung mit Louise; Besichtigung der ehemaligen Pullman-Werke
33	143–145	Teilnahme des Ich-Erzählers an einer Silvesterparty bei Louise, mit der er in der Nacht schläft
34	146 f.	Trennung von Louise

Dritte Dimension: Geschichte in der Geschichte

Eine dritte Dimension entsteht der Romanhandlung durch die Geschichte, welche der Ich-Erzähler auf Drängen seiner Geliebten über sie und die gemeinsame Beziehung verfasst. Die entsprechenden Textteile sind innerhalb des Romanganzen zum größten Teil durch Kursivschrift hervorgehoben.

Als Fiktion innerhalb der Fiktion (auch als metadiegetische Ebene der Erzählung bezeichnet) bezieht sich die Binnengeschichte ab dem Zeitpunkt ihres Entstehens (3. Juli, vgl. Kapitel 9 und 10) zunächst auf den Beginn und den Verlauf des Liebesverhältnisses in der Vergangenheit (April bis Anfang September) bis zu dem Moment, in dem der Ich-Erzähler »[w]enige Tage nach unserem Ausflug an den See« (62), den Zeitangaben zufolge also zu Beginn des Monats September (vgl. 57), »in die Zukunft vor[stößt]« (62). Von da an modelliert er Handlungen, die in Anlehnung an die imaginären Bilder der Geschichte in die Wirklichkeit umgesetzt werden.

Dreidimensionalität

Der Dreidimensionalität des Erzählten (Rahmenhandlung – Binnenhandlung – Binnengeschichte) entspricht eine zunehmende Verengung des Fokus auf die Titelfigur Agnes im Sinne einer subjektiven Figuration ihres Persönlichkeitsbildes:

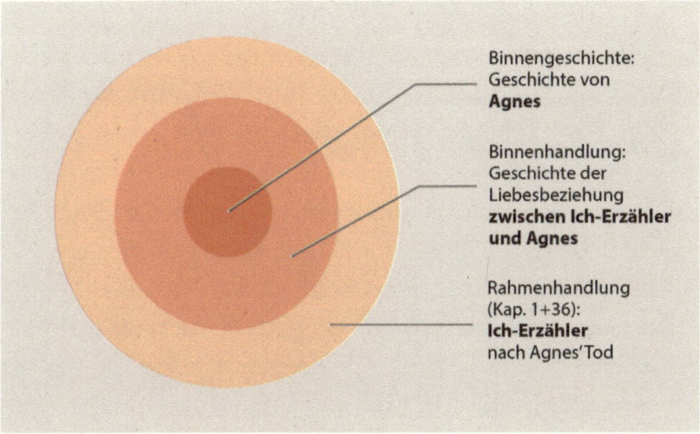

Abb. 1: Dreidimensionalität des Erzählten

Die Sprache des Romans

Im Gegensatz zu ihrer relativ komplexen Struktur zeigt die Erzählung auf der stilistischen Ebene Tendenzen zu einfachen, reduktionistischen Formen der Darstellung.

Sprache

Der Ich-Erzähler gibt den Verlauf seiner Beziehung zu der weiblichen Titelfigur aus seiner subjektiven Perspektive heraus in der Zeitform der Vergangenheit wieder. Sätze wie »Nach einigen Meilen Fahrt kamen wir zu einem Parkplatz und stellten den Wagen ab« (71) oder »Es war Samstag, und in den Straßen wimmelte es von Leuten, die Weihnachtseinkäufe machten« (117) legen durch ihre Beschränkung auf die Vermittlung von einfachen Tatbeständen im Präteritum die gattungstypologische Zuordnung des Gesamttextes zur Kategorie des Berichts nahe. Entsprechend überwiegen – wie im folgenden Beispiel – die Aneinanderreihung kurzer Sätze, ihre Verknüpfung durch einfache Konjunktionen und der weitgehende Verzicht auf hypotaktische Konstruktionen: »Agnes drehte sich um und weinte in ihr Kissen. Das Buch fiel zu Boden. Ich hob es auf und deckte Agnes zu. Sie schlief bis gegen Abend, und ich las. Als sie aufwachte, war sie ruhiger. Aber sie hatte Fieber, und die Erkältung war schlimmer geworden. Ich kochte Tee für sie und saß bei ihr, bis sie wieder eingeschlafen war. Dann ging ich am See spazieren« (131).

Wiederholt zitiert der Erzähler Dialoge, die in ihrem mitunter extremen Minimalismus und in der mangelnden Kohärenz vordergründig Leerstellen schaffen und damit Vieldeutigkeit und Tiefe suggerieren, jedoch primär Ausdruck des Sprachverlustes und der Kommunikationsunfähigkeit sind: »Wenn ich nicht zu Hause war, spielte sie oft Cello. Ich konnte sie schon vom Flur aus hören, aber sobald ich die Tür öffnete, hörte sie auf zu spielen. ›Spielst du mir etwas vor?‹ fragte ich einmal. Sie sagte nur: ›Nein.‹ Während sie das Cello im Kasten verstaute, blätterte ich in ihren Noten. ›Spielt ihr nicht Schubert?‹ ›Nicht mehr‹, sagte Agnes und lächelte, ›die anderen fanden, das sei im Moment nicht das richtige für mich. Jetzt spielen wir Mozart.‹ ›Ich mag Mozart nicht.‹ ›Ich auch nicht.‹ Es war Advent« (121).

Im lexikalischen Bereich bestimmt eine einfache Alltagssprache die Wortwahl, die den äußerst sachlich-distanzierten Ton des Ich-Erzählers und – der Fiktion nach – professionellen Sachbuchautors zusätzlich verstärkt.

5. Quellen und Kontexte

Pygmalion-Mythos

Der zentrale Gegenstand ist die Geschichte einer Liebesbeziehung, die aufgrund der zweifelhaften Einstellungen und Erwartungen des Protagonisten schon zu Anfang den Keim ihrer Selbstzerstörung in sich birgt.

Auf seiner Homepage hat Peter Stamm in einem Nebensatz den Hinweis gegeben, dass die »Pygmalionsage [...] thematisch mit ›Agnes‹ zusammenhängt«[3], dies aber nicht weiter ausgeführt. In der Tat kann man *Agnes* als eine literarische Auseinandersetzung mit dem Pygmalion-Mythos und seiner Weiterverarbeitung in anderen literarischen Werken betrachten.

Ovids *Metamorphosen*

Der antike römische Dichter Ovid (43 v. Chr. bis ca. 17 n. Chr.) erzählt in seinen *Metamorphosen* (dt. »Verwandlungen«), einer aus 15 Büchern bestehenden mythologischen Darstellung der Entstehung und der Geschichte der Welt, unter anderem auch von dem zyprischen König und Künstler Pygmalion, der sich in eine von ihm selbst geschaffene weibliche Kunstgestalt verliebt und von Venus, der Göttin der Liebe, erbittet, dass seine zukünftige Frau so vollkommen sein möge wie die Statue.

3 *www.peterstamm.ch/quellen.php* (10. 11. 2016).

»Als er nach Hause kam, zog es ihn zu seinem Mädchenbild. Er warf sich auf das Lager uns küsste sie. Da war ihm, als sei sie warm. Wieder legt er Mund an Mund und tastet mit der Hand nach der Brust. Er tastet noch, da wird das Elfenbein weich, verliert seine Starrheit, weicht zurück und gibt den Fingern nach, so wie Wachs vom Hymettus an der Sonne geschmeidig wird, sich unter dem Druck des Daumens zu tausenderlei Gestalten formen lässt und in der Hand des Bildners immer bildsamer wird. [...] Fleisch und Blut ist's; mit dem Daumen prüft er, wie es in den Adern pocht. Da dankt der Held [...] der Venus mit Worten, die aus vollstem Herzen strömen, und presst den Mund endlich auf wirkliche Lippen.«[4]

Als die wertvolle Elfenbeinfigur sich nach langem Warten und vielen vergeblichen Liebkosungen tatsächlich in einen Menschen verwandelt, geht Pygmalion mit seiner Idealfrau eine glückliche Ehebeziehung ein.

Der Mythos, wie ihn Ovid im 10. Buch seiner *Metamorphosen* darstellt, motiviert den leidenschaftlichen Wunsch des Mannes nach einer Frau, die ganz seiner Phantasie entspricht, mit der ursprünglichen Angst des Mannes vor einer entfesselten weiblichen Sexualität, die der Frau in seinen Augen ihre Anmut nimmt und sie buchstäblich in Stein verwandelt.

4 Ovid, *Metamorphosen*, lat./dt., übers. und hrsg. von Michael von Albrecht, Stuttgart 1994 [u. ö.], X,280–294.

Abb. 2: *Pygmalion und Galatea*, Marmorstatue von Étienne Maurice Falconet, 1763 (Walters Art Museum, Baltimore). –

Parallelen zu *Agnes*

In *Agnes* zählt zu den zentralen Bedingungsfaktoren des (mutmaßlich tödlichen) Endes – wie beim antiken Pygmalion-Mythos – der Wunsch des Mannes, das Liebesverhältnis und die gemeinsame Wirklichkeit nach eigenen Vorstellungen zu modellieren und sie damit für die eigene Lebenswelt verfügbar zu machen:

»›Du kommst im dunkelblauen Kleid‹, sagte ich.
›Wie meinst du das?‹, fragte sie erstaunt.
›Ich habe die Gegenwart überholt‹, sagte ich,
›ich weiß schon, was geschehen wird.‹
Sie lachte. […]
Wirklich trug Agnes das blaue kurze Kleid,
als sie am nächsten Tag zu mir kam« (63 f.).

Unterschiede zu *Agnes*

Im Gegensatz zum antiken Vorbild Pygmalion, der aus einer Kunstfigur ein menschliches Lebewesen erschafft, formt der Erzähler in Stamms Roman aus der Geliebten eine künstlerische Rollenfigur und damit ein ›totes‹ Kunstprodukt. Der Erzähler ›tötet‹ die wirkliche Agnes, als sie durch ihre unerwartete Schwangerschaft nicht mehr seinen Erwartungen entspricht und auf diese Weise seine Freiheit beschränkt. In *Agnes* geht es nicht mehr, wie beim antiken Mythos, um göttlichen Beistand (durch Venus), um ein Kunstprodukt, die Statue, in die Natur einzugliedern. Vielmehr schöpft der unverheiratete und kinderlose Ich-Erzähler aufgrund einer negativen Lebensbilanz als Sachbuchautor (»Ich schämte mich ein wenig für die magere Ausbeute meines Lebens«, 30, vgl. auch 20) die Hoffnung, durch ein bedeutendes literarisches Projekt das eigene Selbstwertgefühl steigern zu können, indem er sich als Schriftsteller selbst zum Göttervater und die Gefährtin zu seinem »Geschöpf« (62) stilisiert.

Weitere Bearbeitungen des Pygmalion-Stoffs

Kaum ein anderer antiker Mythos war in der Literaturgeschichte ähnlich einflussreich. Immer wieder ließen sich Autoren von dem Pygmalion-Stoff inspirieren. So erzählt beispielsweise der spätromantische Dichter und Schriftsteller Joseph von Eichendorff (1788–1857) in seiner Novelle *Das Marmorbild* (1819) von einem jungen Mann namens Florio, der zwischen dem sehnsüchtigen Begehren nach der makellosen und keuschen Kindfrau Bianka als einer Vertreterin christlicher Moral und dem verführerischen Venusbild als einem Ausdruck heidnisch-antiker Erotik hin- und hergerissen wird. Die Marmorstatue der Liebesgöttin wird für Florio zum Fixpunkt seiner Wanderungen durch eine unwirkliche nächtliche Naturlandschaft, in der ihm Venus in Gestalt einer lebendigen Sängerin zu begegnen scheint.

Eichendorff

Eine weniger romantisch-religiöse und stärker psychologische Prägung des Motivs von der Verwandlung des schönen Frauenbildes in eine lebendige Frau findet sich bei E. T. A. Hoffmann (1776–1822), einem künstlerischen Multitalent, dessen Werke zum Inbegriff der deutschen Romantik zählen. Hoffmanns märchenartige und vieldeutige Gespenstergeschichte *Der Sandmann* berichtet davon, wie der Student Na-

E. T. A. Hoffmann

thanael, der sich selbst als Maler und Dichter sieht, der wunderschönen und geheimnisvollen Olimpia verfällt, welche in Wahrheit lediglich eine Automatenpuppe ist, die mit ihrem »Wachsgesicht« auf ihre Mitmenschen wie eine »Maschine« wirkt. Nathanael verkennt in seiner wahnhaften Vermischung von Phantasie und Realität, von Schein und Sein, die wahre Natur der Dinge, so dass er den Bezug zur Umwelt verliert und daher auch nicht mehr in der Lage ist, die aufrichtige Liebe, welche ihm seine schöne und gebildete Verlobte Clara entgegenbringt, zu erkennen. Nathanael wird in seiner absoluten Ich-Bezogenheit und radikalen Selbstisolation zu einem willen- und haltlosen Objekt seiner eigenen Manipulation, die in der marionettenhaften Gestalt der Olimpia präfiguriert ist.

George Bernard Shaw

Der irische Dramatiker und Romanschriftsteller George Bernard Shaw (1856–1950) karikiert in seiner Komödie *Pygmalion*, die am 16. Oktober 1913 im Wiener Burgtheater uraufgeführt wurde, das bizarre Verhältnis des Sprachwissenschaftlers Henry Higgins zu dem aus ärmlichen Verhältnissen stammenden Blumenmädchen Eliza Doolittle. Der Professor benutzt das Mädchen für ein wissenschaftliches Experiment, bei dem es darum geht, das Mädchen als Herzogin in die höchsten gesellschaftlichen Schichten vordringen zu lassen, indem er ihr den Akzent der Londoner *High Society* beibringt. Er verkennt dabei aufgrund seiner Ich-Bezogenheit die echte Liebe, die ihm Eliza entgegenbringt.

Auch diese Bearbeitungen sind Gegenbilder zum antiken Pygmalion-Stoff: Die Menschen, die in den diversen literarischen Verarbeitungen einem Trugbild verfallen, verfehlen vorübergehend oder für immer ihr Glück, weil sie sich einer Projektion ihrer Wünsche, Sehnsüchte und Begierden verschreiben.

Max Frisch

Der Schweizer Schriftsteller Max Frisch (1911–1991) verdeutlicht indirekt die Folgen einer entsprechenden Haltung in seinem *Tagebuch 1946–1949* unter dem Titel »Du sollst dir kein Bildnis machen«, indem er ihnen die Merkmale echter Liebe gegenüberstellt:

■ Bildnis vom Menschen – Liebe zum Menschen

»Es ist bemerkenswert, daß wir gerade von dem Menschen, den wir lieben, am mindesten aussagen können, wie er sei. Wir lieben ihn einfach. Eben darin besteht ja die Liebe, das Wunderbare an der Liebe, daß sie uns in der Schwebe des Lebendigen hält, in der Bereitschaft, einem Menschen zu folgen in allen seinen möglichen Entfaltungen. Wir wissen, daß jeder Mensch, wenn man ihn liebt, sich wie verwandelt fühlt, wie entfaltet, und daß auch dem Liebenden sich alles entfaltet, das Nächste, das lange Bekannte. Vieles sieht er wie zum ersten Male. Die Liebe befreit es aus jeglichem Bildnis. Das ist das Erregende, das Abenteuerliche, das eigentlich Spannende, daß wir mit den Menschen, die wir lieben, nicht fertig werden: weil wir sie lieben; solang wir sie lieben. Man höre bloß die Dichter, wenn sie lieben; sie tappen nach Vergleichen, als wären sie betrunken, sie greifen nach allen Dingen im All, nach Blumen und Tieren, nach Wolken, nach Sternen und Meeren. Warum? So wie das All, wie Gottes unerschöpfliche Geräumigkeit, schrankenlos, alles Möglichen voll, aller Geheimnisse voll, unfaßbar ist der Mensch, den man liebt – Nur die Liebe erträgt ihn so […].«[5]

Es liegt nahe, Peter Stamms Roman und die darin entfaltete Thematik einer Deformation des Menschen durch fremde Projektionsbildungen in eine direkte Beziehung zu verschiedenen Romanen von Max Frisch zu stellen, der zu den großen Schriftstellern der Schweizer Literatur und damit sicherlich auch zu den maßgeblichen Vorbildern der jüngeren Autorengenerationen seines Landes zählt.

Stiller

In Frischs Roman *Stiller* (1954) leugnet der Ich-Erzähler mit den einleitenden Worten »Ich bin nicht Stiller!« seine alte Identität. Obwohl alle Indizien beweisen, dass er tatsächlich der Schweizer Bildhauer Ludwig Anatol Stiller ist, behauptet er, Jim Larkin White zu heißen und in Übersee mehrere Menschen ermordet zu haben, unter ihnen auch seine Ehefrau. Diese jedoch lebt nach wie vor in der Gestalt der Julika Tschudy-Stiller, die in dem angeblichen Amerikaner ihren Ex-Mann wiedererkennt. Aus den Aussagen

5 Max Frisch, *Tagebuch 1946–49*, Frankfurt a. M.: Suhrkamp, 1950, S. 31. – © 1950 Suhrkamp Verlag, Frankfurt am Main.

der ehemaligen Balletttänzerin ergibt sich, dass ihre Ehe äußerst schwierig war, weil beide, Mann und Frau, unfähig waren, sich ohne Vorbehalte anzunehmen und sich wirklich zu lieben. Unter dem Eindruck der Ausführungen eines jungen Jesuiten formuliert Julika die Überzeugung, dass »es das Zeichen der Nicht-Liebe sei, also Sünde, sich von seinem Nächsten oder überhaupt von einem Menschen ein fertiges Bildnis zu machen, zu sagen: So und so bist du, und fertig!« (Max Frisch, *Stiller*, Frankfurt a. M. 1973, S. 116).

So wie Julika in *Stiller* zum Sehnsuchtsziel eines Mannes wurde, der seine Minderwertigkeitsgefühle und Versagensängste in dem illusionären Wunschbild einer idealen Frau kompensiert, verkennt auch der Ingenieur Walter Faber, der Protagonist in dem Roman

Homo faber

Homo faber (1957), die eigentliche Identität einer unbekannten jungen Frau. Sein von männlichem Machbarkeits- und technokratischem Fortschrittsglauben geprägtes Welt- und Menschenbild machen ihn blind für die unkalkulierbaren schicksalhaften Fügungen des Daseins. Obwohl er ahnt, dass die Fremde seine eigene Tochter aus der etwa 20 Jahre zurückliegenden Beziehung mit seiner Jugendliebe, der Kunststudentin Hanna Landsberg, ist, geht er mit ihr eine Liebesbeziehung ein. Dem Inzest folgt ein Strandunfall an der griechischen Mittelmeerküste, an dessen Folgen Sabeth Piper, so der Name der jungen Frau, stirbt.

Agnes und Sabeth teilen dasselbe Schicksal. Sie sind Opfer der schuldhaften Verstrickungen von

Männern, deren aus Narzissmus, Bindungsangst und (Selbst-)Täuschung gespeistes Verhalten dazu führt, dass sowohl der Ich-Erzähler in *Homo faber* als auch derjenige in *Agnes* die Partnerinnen nicht wirklich als solche annehmen. Beide Männer zeigen sich abweisend, als die jeweilige Geliebte (Hanna, Agnes) schwanger wird, und sie sind mit Frauen intim, zu denen sie keine starke gefühlsmäßige Beziehung haben (Faber und das Mannequin Ivy, der Ich-Erzähler in *Agnes* und die PR-Agentin Louise). Das Bild, das die Ich-Erzähler in *Homo faber* und in *Agnes* von den Frauen entwerfen, ist beherrscht von objektiven Verfälschungen und subjektiven Manipulationen, die egozentrischen Bedürfnissen nach einer ungestörten Gestaltung des eigenen Lebens entspringen.

Eine mehr sozialpolitische Dimension der Bildnisproblematik besitzt Max Frischs Drama *Andorra* (1961), in dem die massiven Zuweisungen von unbegründeten Stereotypen gegenüber einem Einzelnen so weit führen, dass dieser schließlich ermordet wird.

■ *Andorra*

Biblisches Bilderverbot

Die Liste von literarischen Texten, in denen die zerstörerische Wirkung von Vorurteilen direkt oder indirekt als Stoff (Pygmalion) oder als Motiv verarbeitet wird, ließe sich noch um viele weitere Beispiele ergänzen. Ihre gemeinsame Basis bildet die Überzeugung von der Schuld, die dann entsteht, wenn man die wahre Identität des Mitmenschen durch falsche

Zehn Gebote

Zuschreibungen von Eigenschaften verfehlt. Das entsprechende Bilderverbot steht im Alten Testament am Anfang der Mitteilung der Zehn Gebote durch Gott und besitzt damit eine herausragende Bedeutung nicht nur für das Verhältnis des Menschen zu Gott, sondern auch für die Regelung der zwischenmenschlichen Beziehungen.

> »Und Gott redete alle diese Worte: Ich bin der Herr, dein Gott, der ich dich aus Ägyptenland, aus dem Diensthause, geführt habe. Du sollst keine anderen Götter neben mir haben. Du sollst dir kein Bildnis noch irgendein Gleichnis machen, weder des, das oben im Himmel, noch des, das unten auf Erden, oder des, das im Wasser unter der Erde ist. Bete sie nicht an und diene ihnen nicht. Denn ich, der Herr, dein Gott, bin ein eifriger Gott, der da heimsucht der Väter Missetat an den Kindern bis in das dritte und vierte Glied […].«[6]

Schuldfrage

In *Agnes* scheint das Thema der Schuld, das in diesem biblischen Kontext gesehen werden kann, zwar nur ganz selten und sehr indirekt auf, dies dann aber an markanten Schlüsselstellen. Am Ende des ersten Kapitels, der Eröffnung der Rahmenhandlung, berichtet der Ich-Erzähler von Agnes' Ängsten, die schließlich so groß geworden seien, dass sie nicht mehr darüber

6 Altes Testament: 2. Mose 20,1–5.

habe sprechen können. Die folgenden Schlusssätze des Kapitels lauten:

> »Sie klammerte sich stattdessen immer enger an mich, je mehr sie sich fürchtete. Ausgerechnet an mich« (12).

Unter dem Vorzeichen dieses Eingeständnisses, er sei der Falsche – ein verstecktes Schuldeingeständnis –, steht die anschließende Binnenhandlung.

Diese Konstellation, Agnes' Festhalten an der falschen Person, wird an einer weiteren Schlüsselstelle noch deutlicher bezeichnet: In Agnes' Wohnung hängt eine Reproduktion von Oskar Kokoschkas Plakat zu *Mörder, Hoffnung der Frauen* (39). Es impliziert ein deutlicheres Urteil als die Formulierung des Ich-Erzählers im ersten Kapitel (vorausgesetzt, man schließt sich der Darstellung des für Agnes tödlichen Ausgangs durch den Ich-Erzähler an).

6. Interpretationsansätze

Zeit der Handlung

Vereinzelte Indizien wie die spezifischen Formen des Computer-Gebrauchs und des Einsatzes der Video-Technik legen den Schluss nahe, dass sich die Handlung von Peter Stamms *Agnes* in den 90er Jahren des 20. Jahrhunderts, also im zeitlichen Umfeld der Entstehung und Veröffentlichung des Romans, ereignet. Außerdem wird erwähnt, dass sich im Jahr der Begegnung zwischen dem Ich-Erzähler und Agnes zum hundertsten Mal die blutige Niederschlagung eines großen Chicagoer Arbeiterstreiks im Jahre 1894 jährt (vgl. 104, siehe auch unten).

Agnes ist der Roman einer Liebesbeziehung, deren zeitgeschichtlicher Kontext die westliche Welt der Moderne im Übergang vom 20. zum 21. Jahrhundert ist. Abgesehen von expliziten Hinweisen auf »Präsidentschaftswahlen im Herbst« (21), die im Rahmen von allgemeinen Diskussionen angesprochen werden, verzichtet der Autor nicht nur auf eine konkrete historische Situierung und politische Dimensionierung des Erzählten, sondern fast überhaupt auf die Thematisierung von Geschichte und Politik.

Rolle geschichtlicher Ereignisse

Eine Ausnahme bildet die berufliche Beschäftigung des Ich-Erzählers mit der Geschichte einzelner kommerzieller Produkte (Zigarre, Fahrrad) und – zum Zeitpunkt der erzählten Vergangenheit und Gegenwart – mit der Geschichte der Produktion von Luxuseisenbahnwagen durch den US-amerikanischen Konstrukteur und Unternehmer Georges Mortimer Pullman in der zweiten Hälfte des 19. Jahrhunderts. Im Rahmen seiner Recherchen hatte der Sachbuchautor, wie er schreibt, feststellen müssen, dass »der legendäre Schlafwagenbauer nicht nur der Erfinder des Luxuseisenbahnwagens war, sondern mit seiner Musterstadt Pullman, südlich von Chicago, Industriegeschichte geschrieben« (104) hatte.

In einer anschließenden Kommentierung dieser Ereignisse analysiert der Erzähler nicht nur – wenn auch knapp – das unternehmenspolitische Scheitern als psychologisches Versagen des Fabrikanten, sondern er teilt dem Leser auch seine persönliche Faszination mit, welche die Konfrontation zwischen einem paternalistisch agierenden Unternehmer und Zehntausenden von Arbeitern auf ihn ausübt (vgl. 104).

Gesellschaftliche Reflexionen

Die Textstelle bildet mit ihrer Reflexion des Verhältnisses von Individuum und Masse einen der wenigen Momente innerhalb der Erzählung, in welchen der Mensch zum Gegenstand einer sozialgeschichtlichen Betrachtung wird. Wenn die Protagonisten überhaupt ihre individuelle Existenz etwa in Bezug auf die großstädtische Gemeinschaft mit anderen Einwohnern reflektieren, so geschieht dies lediglich in Einzelfällen. Die namenlosen Mitbürger erscheinen dann als stumme, gesichtslose Zeugen einer Todesszene auf der Straße (vgl. 23), als Käufer und Leser von Buchveröffentlichungen (vgl. 31; 48), als Menschengewimmel bei Großveranstaltungen (vgl. 47 sowie 136) oder – aus der Vogelperspektive des Liebespaares, das mehrmals auf das Dach eines Wolkenkratzers tritt – als »winzige Menschen, die sich durch den Abendverkehr« (51) bewegen.

Ansonsten jedoch kann es geschehen, dass selbst die erzählerische Darstellung eines Parkaufenthaltes (vgl. 58) oder der Durchquerung eines Stadtteils praktisch völlig auf Hinweise zu den dort lebenden Menschen verzichtet:

> »Wir gingen durch das Viertel. Es hatte aufgehört zu regnen, aber die Straßen waren noch nass. Agnes zeigte mir, wo sie ihre Lebensmittel einkaufte, wo sie ihre Wäsche wusch, das Restaurant, wo sie oft zu Abend aß. Ich versuchte mir vorzustellen, wie es war, in diesen Straßen zu Hause zu sein, aber es gelang mir nicht« (44).

Als der Erzähler während der vorübergehenden Trennung von seiner Freundin durch Bars und Kinos streift und »ganze Tage in der Bibliothek [verbringt], ohne zu arbeiten« (97), wirken die von ihm aufgesuchten öffentlichen Räume in der Romandarstellung völlig menschenleer und so, als ob es sich ausschließlich um Reservate seiner privaten Existenz handelte.

Im Gegensatz zu den Gesprächen mit Agnes, von der es heißt, dass sie an seinen Büchern kein Interesse zeigt (vgl. 20), bietet die Begegnung mit Louise, einer Angestellten der Pullman-Leasing, Gelegenheiten zum Austausch von weiteren Informationen und Gedanken über das einst mächtige Unternehmen, dessen Werke inzwischen stillgelegt sind. Im Gespräch mit Louises Vater bekundet der Ich-Erzähler in Bezug auf den Arbeiteraufstand eine idealistische Position (»Es ging um die Freiheit«; 144), während Ersterer die pragmatische Auffassung eines Geschäftsmannes (vgl. 145) vertritt: »In der Revolution geht es immer nur um Macht. Und die Macht hat, wer das Geld hat« (144). Louise selbst betont die historische Ferne der Ereignisse: »Was interessiert dich diese Pullman-Geschichte überhaupt? Das ist ja alles schon längst vorbei und vergessen.« Dieser nivellierenden Aussage stellt der Ich-Erzähler eine pauschale geschichtspessimistische Prognose entgegen: »Ich sagte, heute geschehe in globalem Ausmaß dasselbe wie vor hundert Jahren in Pullmans Musterstadt, und das werde über kurz oder lang zu Unruhen führen« (145). Zwischen dem nüchternen Verweis auf die aktuelle Bedeutungslosigkeit eines lange Zeit zurückliegenden Geschehens und der vagen Behauptung seiner universalen Relevanz für die Zukunft der Menschheit besteht eine Differenz, die im Roman nicht mehr weiter diskursiv gefüllt wird, sondern – wie viele andere Gespräche auch – ohne weitere gedankliche Vertiefung bleibt. Mit einer wortlosen Geste (sie »winkte ab«; 145) signalisiert Louise ihr Desinteresse an der Fortsetzung einer gesellschaftspolitischen Diskussion, um stattdessen zur Tat der sexuellen Verführung zu schreiten: »Sie holte aus der Küche eine Flasche Champagner, und ich folgte ihr die breite Treppe hin-

■ Diskurse werden nicht vertieft

auf in die kleine Wohnung. Sie schloss die Tür hinter uns ab« (145).

Als Geschichte einer scheiternden Liebesbeziehung stellt Peter Stamms *Agnes* die Unüberbrückbarkeit der Gegensätze von Individuen dar. Nicht nur auf der Ebene der Triebnatur manifestiert sich die Deformation der sozialen Beziehungen in einer Perspektive, die den Anderen als Objekt der eigenen unerfüllten Wünsche, Sehnsüchte und Absichten betrachtet. So wie Louise im augenzwinkernden Einvernehmen mit ihren Eltern (vgl. 144; 102) bewusst ihren Körper einsetzt, um sich zu »amüsieren« (106), betrügt der Ich-Erzähler seine Partnerin Agnes mit Louise, um sein narzisstisches Bedürfnis nach Freiheit und Selbsterfüllung in einer zwanglosen physischen und affektiven Gemeinschaft zu befriedigen (»Ich dachte nicht an Agnes, während ich mit Louise zusammen war, und es ging mir gut«; 107). Louise, deren Mutter »nach Europa gekommen [war], um sich einen Adligen zu angeln« (100), erkennt zwar die instrumentelle Logik der wechselseitigen Verführung von Mann und Frau (sie berichtet dem Ich-Erzähler, »welcher der Männer sich schon an sie herangemacht und wer wen mit wem betrogen hatte«; 143), folgt aber selbst der trostlosen Mechanik einer interessegeleiteten Strategie der systematischen Suche nach einem heiratsfähigen Partner.

■ Deformation der sozialen Beziehungen

Einen äußersten Grad an entfremdeten Formen der kalkulierten Geschlechterbeziehung dokumentiert der Roman in der episodischen Geschichte einer fettleibigen Sitznachbarin des Ich-Erzählers während

■ Entfremdete Geschlechterbeziehungen

der Fahrt in einem Nachtzug (vgl. Kap. 7). Ausgestattet mit einem erotischen Ratgeber für Frauen mit dem Titel *»What Good Girls Don't Do«* (35) voller sexualpraktischer Informationen, befindet sich die Frau auf der Reise zu einem ihr kaum bekannten Algerier, den sie über eine Organisation kennengelernt hat und von dem sie lediglich ein dürftiges briefliches Dokument seiner Zuneigung besitzt. Aus ihrem Gespräch mit dem Ich-Erzähler kann der Leser entnehmen, dass das von der Frau erhoffte Liebesabenteuer lediglich eine Projektion ihrer romantischen Illusionen bleiben wird.

Die anfangs zaghafte, sich über mehrere Wochen erstreckende Annäherung zwischen dem völlig isoliert lebenden Ich-Erzähler und der schüchternen, introvertierten und mitunter verkrampft wirkenden Titelfigur (vgl. Kap. 2 bis 4) steht zunächst in einem Gegensatz zu diesem geradezu polemischen Bild eines arrangierten Single-Treffs und auch zu der offensiven Art und Weise, wie die extrovertierte PR-Agentin Louise den direkten Kontakt zu dem Sachbuchautor herstellt. Die Scham, mit der Agnes den Schutzraum ihrer körperlichen Intimität wahrt, während sie sich duscht und ankleidet (vgl. 29), die verbale und gestische Zärtlichkeit der beiden Liebenden, wie sie etwa während eines Aufenthaltes an einem Seeufer (vgl. 58 f.) oder beim gemeinschaftlichen Anblick des Sternenhimmels zum Ausdruck kommen (vgl. 126 f.), und schließlich auch die wechselseitigen Bekundungen einer echten Liebe (vgl. 59; 129) sind geeignet, den Personen und ihrem Verhältnis zueinander Authentizität zu verleihen. Der letzte Abschied vor Agnes' Tod zeigt das Paar in einem Augenblick großer Nähe, die vor allem von der Frau ausgeht (vgl. 142).

Doch gerade auch in der Beziehung zwischen den Protagonisten lassen sich zahlreiche Momente einer Regression auf das Niveau eines bloßen Objektbezugs erkennen. Dazu gehört, auf der sexuellen Ebene, die Darstellung des Liebesakts als ein Weihnachtsgeschenk von Agnes an ihren Freund (vgl. 128). Am deutlichsten allerdings zeigt sich das Bedürfnis nach Selbstvergewisserung der eigenen personalen Identität in der Idee, dass der Sachbuchautor eine Geschichte über sie schreibt. Entgegen der erklärten Intention (»damit ich weiß, was du von mir hältst«; 50) zeigt sich die junge Frau, die zu Beginn der Arbeit die künstliche Haltung eines Foto- bzw. Malermodells einnimmt (vgl. 53), nach ersten Bekundungen der Zufriedenheit rasch verärgert, wenn das entstehende Porträt in ihren Augen unangenehme, falsche oder belanglose Wirklichkeiten wiedergibt, die für sie in einem Missverhältnis zum Selbstbild ihres Lebens und ihrer Person stehen (vgl. 54, 56). Mit der Erfüllung von Agnes' Forderung, bestimmte, ihr unliebsame Elemente der Fiktion wieder zu löschen (»›Soll ich es streichen?‹ ›Ja, bitte. Ist es unbedingt nötig, dass du von meiner Kindheit schreibst?‹«; 55), passt sich auch der Erzähler an die Vorgaben an, so dass er schließlich selbst an die Stelle der subjektiven Verarbeitung von Wirklichkeit im fiktionalen Text Projektionen von erhofften und er-

Flucht in die Projektion

wünschten Realitäten setzt, die in ihm ein euphorisches Gefühl der Machbarkeit beim manipulativen Umgang mit dem an sich Ungewissen erzeugen:

> »Jetzt war Agnes mein Geschöpf. Ich fühlte, wie die neugewonnene Freiheit meine Phantasie beflügelte. Ich plante ihre Zukunft, wie ein Vater die Zukunft seiner Tochter plant. Sie würde eine brillante Doktorarbeit schreiben und erfolgreich sein an der Universität. Wir würden glücklich miteinander werden« (62).

Mit der Behauptung »ich weiß schon, was geschehen wird« (63) macht er seine Gefährtin zu einer marionettenhaften Figur, die etwa im Hinblick auf die Kostümierung festen Regieanweisungen zu folgen hat (»›Du kommst im dunkelblauen Kleid‹, sagte ich« (63). Wie eine Schauspielerin führt Agnes Handlungen (Umarmungen, Liebesakt, Umzug aus ihrer eigenen Wohnung in diejenige des Autors) aus, die im Manuskript festgelegt sind (vgl. 64–66). Die gemeinsame spielerische Inszenierung von Aktivitäten nach vorgefertigten Mustern (»Wir trugen dieselben Kleider wie in der Geschichte, machten wie meine Figuren einen Ausflug in den Zoo oder gingen ins Museum«; 68) entspricht einer umfassenden Instrumentalisierung des Menschen mit dem Ergebnis seiner nahezu totalen Verdinglichung und Kontrolle.

Mit dem wachsenden Ungenügen an der stereotypen Vorwegnahme von Handlungsschemata, die das eigene und das Ich des Anderen zu Projektionen einer subjektiven Allmachtsphantasie werden lassen, weichen schließlich die Bilder eines träumerisch-unwirklichen Lebensideals (*»Sie lachte […]. Wir schauten uns an und umarmten uns stumm. ›Willst du mich heiraten?‹ fragte ich. ›Ja‹, sagte sie ganz selbstverständlich«*; 80) den desillusionierenden Vorstellungen einer albtraumhaft-realen Szene der Entzweiung:

Beginn der Desillusionierung

> »Ich sah Agnes in einem engen Treppenhaus stehen, ohne zu wissen, wo wir waren und wie wir hierhergekommen waren. Die kahlen Betonwände waren gelb gestrichen, und Licht kam nur von Neonröhren über den Treppenabsätzen. Agnes lehnte in einer Ecke und schaute mich zugleich ängstlich und wütend an. Dann sagte sie: ›Ich wollte dich nie heiraten. Du machst mir angst.‹ Ich bewegte mich langsam auf sie zu. ›Du hast mich nie geliebt‹, sagte ich, ›immer hast du an diesen Herbert gedacht, wenn wir zusammen waren.‹« (80 f.)

Obwohl der Erzähler in den impulsiven Phantasien eines von Angst, Eifersucht, Hass und Todeswünschen geprägten Konflikts die Wirklichkeit erkennt, setzt er die Versuche fort, die Ambivalenz seiner Gefühle in der Fiktion durch Formen der Harmonisierung zu verdecken. Er bestärkt sich in dem Willen zu einer familiären Zukunft mit Agnes (vgl. 99) und imaginiert für die Zeit nach der Geburt des Kindes eine häusliche Idylle, beruflichen Erfolg und eheliches

Verdeckungsversuche

Glück (vgl. 108). Als Agnes eine Fehlgeburt erleidet, willigt sie darin ein, dass der Ich-Erzähler die Geschichte so fortschreibt, als ob das Kind geboren worden wäre (vgl. 116).

Nach der Simulation eines Schöpfungsaktes (»›Du musst es aufschreiben‹, sagte Agnes, ›du musst uns das Kind machen. Ich habe es nicht geschafft‹«; 116) handelt das Paar auch in der Realität – etwa bei Einkäufen – so, als ob das Baby zur Welt gekommen wäre (vgl. 117). Erst mit Agnes' verzweifeltem Eingeständnis ihres Selbstbetrugs und mit der Entsorgung der erworbenen Babyartikel (vgl. 119) verzichtet der Autor bei der Niederschrift auf die Fiktion vom Vorhandensein eines Kindes, nicht jedoch auf die allerdings ambivalente Illusion vom Fortbestand einer intensiven Paarbeziehung:

Selbstbetrug

> »*Agnes war wieder bei mir. Wir wussten jetzt, dass wir zusammengehörten, und dieses Wissen schien ihr über den Verlust des Kindes hinwegzuhelfen. Wie uns das Kind auseinandergebracht hatte, führte sein Verlust uns wieder zusammen. Der Schmerz verband uns enger, als uns das Glück verbunden hatte*« (136).

Die explizite Absage an das Glück als an sich notwendiger Ausgangsbasis für eine gelingende Beziehung korrespondiert mit dem »Gefühl der Fremdheit«, das der Ich-Erzähler bei seinem Bericht von einer »wunderbaren Woche« (135) bewusst ausklammert, um eine literarische Pseudorealität zu schaffen, welche die Abwesenheit echter Liebe kompensiert.

Auf diese letzte Selbsttäuschung des Freundes reagiert Agnes, als sie die Schlussversion ihrer Geschichte als Weihnachtsgeschenk erhält, »enttäuscht« und mit Schweigen, weil die wortreiche Gestaltung eines *happy end* erneut das paradoxe Missverhältnis zwischen der Realität und dem trivialliterarischen Kitsch einer Romanze offenbart.

Auf die Wahrnehmung der Wirkungslosigkeit seiner Erzählung hin gesteht sich auch der Autor sein künstlerisches Versagen ein:

■ Versagen

> »Ich war nicht überzeugt vom Schluss der Geschichte. Er war mir nicht gelungen, er war nicht lebendig, nicht wahr. Ich hatte ihn mir so gewünscht und hatte ihn so geschrieben. Er war wie ein Vorsatz, den man zu Silvester fasst und schon in den ersten Stunden des neuen Jahres wieder missachtet, leere Worte, gut gemeint« (138).

■ Die verhängnisvolle Fassung »Schluss2«

Es folgt die heimliche Ersetzung durch die bereits zuvor verfasste alternative Schlussversion (»Schluss2«), die von dem Ich-Erzähler nun als »der einzig mögliche, der einzig wahre Schluss« (139) bezeichnet wird, ohne dass er zu diesem Zeitpunkt weiß, dass der erdachte nächtliche Weg von Agnes in den Wald eines städtischen Parks (jedenfalls in der Wahrnehmung und Darstellung des Ich-Erzählers) deren einsamen Tod in der Silvesternacht präfiguriert.

Schon mit den Sätzen »Agnes ist tot. Eine Geschichte hat sie getötet« (9) benennt die Erzählung mit ihrer Vorausdeutung auf ihr Ende gleich zu Beginn das zentrale Thema des Todes, das in vielfältigen Bildern, Metaphern und Reflexionen entfaltet wird. Unmittelbar vor dem ersten gemeinsamen Restaurantbesuch findet der Ich-Erzähler auf dem Gehsteig eine leblose Frau vor, die »nicht älter als Agnes« (22) ist. Während das an sich schockierende Ereignis eines unerklärlichen Todes von den versammelten Passanten schweigend beobachtet und von einem der eintreffenden Sanitäter lakonisch kommentiert wird (»›Tot‹, sagte der Fahrer, ›die hat's geschafft‹«; 23), reagiert Agnes, die bereits als Kind mit dem Unfalltod einer Mitschülerin konfrontiert wurde (vgl. Kap. 3: Figuren) mit großer Anteilnahme (vgl. 57) und dem intimen Geständnis, dass sie Angst vor dem Tod habe, »weil dann alles zu Ende« (24) sei. Noch in der ersten Liebesnacht vervollständigt sie die Aussage über ihr Erschrecken angesichts der Endlichkeit des Seins durch den implizit formulierten Wunsch nach einem Fortleben, indem sie auf die negative Aussage des Ich-Erzählers »Ich will nicht ewig leben. Im Gegenteil. Ich möchte keine Spuren hinterlassen« mit einem dezidierten »Doch« (28) antwortet.

■ Todesthema

■ Wunsch nach Fortleben

Der Wunsch nach einem Fortbestand der eigenen Existenz verdichtet sich in der positiven Vorstellung, dass nach der Veröffentlichung ihrer Dissertation alle an dem Promotionsthema Interessierten in den Bibliotheken auf ihren Namen stoßen werden (vgl. 31).

Agnes' existentielle Verunsicherung

Auch der Vorschlag, dass der Ich-Erzähler über sie eine Geschichte schreiben soll, zielt auf Selbstvergewisserung und auf die Aufhebung eines Zustandes permanenter existentieller Verunsicherung. Dass Agnes in einem kontinuierlichen Gefühl der Gefährdung durch eine ihr bedrohlich erscheinende Außenwelt lebt, erweist unter anderem ihre Wahrnehmung eines Ladenbesitzers, der ihr Angst macht (vgl. 12) und von dem sie sich am Morgen nach ihrer ersten Liebesnacht »angestarrt« fühlt: »Er muss sich daran erinnert haben, dass er uns beide gestern Abend zusammen gesehen hat. Als ich bezahlt habe, hat er sich die Lippen geleckt und mir zugeblinzelt« (29).

Die offenkundige Sehnsucht nach einem Kind und die Trauer über den Verlust des Ungeborenen sind ebenfalls bestimmt von dem Bedürfnis nach Formen der Ich-Findung durch Verdoppelung einer brüchigen Identität, deren emblematischer Ausdruck die Leere in der Mitte auf den Röntgenbildern der von der Physikerin untersuchten Kristallgitter ist (vgl. 44 f.).

Befreiung durch den Tod

Mit der Entdeckung des Szenarios, das der Ich-Erzähler »heimlich geschrieben hatte« (150), folgt Agnes in der Binnenerzählung »*wie in Trance*« (151) den suggestiven Bildern einer Fiktion, die mit dem Kältetod eine Form der Befreiung zu neuem Leben verheißt:

> »*Langsam gewann sie das Gefühl zurück, erst in den Füßen, in den Händen, dann in den Beinen und Armen, es breitete sich aus, wanderte durch ihre Schultern und ihren Unterleib zu ihrem Herzen, bis es ih-*

> *ren ganzen Körper durchdrang und es ihr schien, als liege sie glühend im Schnee, als müsse der Schnee unter ihr schmelzen«* (152).

Die Vision einer durch das Gefühl sich ausbreitender Wärme bzw. Hitze erzeugten Wiedergewinnung körperlicher Einheit bildet einen Gegensatz zu Agnes' Erinnerung an einen jugendlichen Versuch, sich nach der Lektüre von Hesses *Siddharta* eine Stunde lang barfuß in den Garten zu stellen, um ihre Gefühle abzutöten. Das Ergebnis damals:

> »Das einzige Gefühl, das ich abtötete, war das in meinen Füßen. Es lag Schnee« (119).

Die von dem Ich-Erzähler konstruierte Geschichte vom einsamen Selbstmord seiner Protagonistin in einer Silvesternacht speist sich mit hoher Wahrscheinlichkeit unter anderem auch aus dieser Anekdote. Die fiktionale Handlung enthält nämlich weitere erkennbare Versatzstücke aus der Erzählung von der Paarbeziehung, so etwa den Hinweis auf den Anblick des Sternenhimmels mit den Sternbildern Schwan und Adler (vgl. 151), welche sie und er an Heiligabend vom Dach des Wohngebäudes aus betrachtet hatten (vgl. 130). Indem die Fiktion offenkundig auf ›reale‹ Ereignisse der gemeinsam erlebten Vergangenheit zurückgreift, um von diesen aus die Projektion einer noch nicht realisierten Zukunft zu generieren, stiftet sie in der Phantasie eine gedankliche Einheit, deren Verführungskraft so groß ist, dass die Heldin Agnes ihr willig folgt. Obwohl sie sich in einem Gespräch mit dem Ich-Erzähler über Literatur explizit der ›Gewalt der Bücher‹ widersetzt, erliegt sie am Ende deren ›Gift‹, weil es in ihrer Vorstellung nicht nur den Tod, sondern auch Erlösung verheißt:

> »›Ich bin immer traurig, wenn ich ein Buch zu Ende gelesen habe‹, sagte Agnes. ›Es ist, als sei ich zu einer Person des Buches geworden. Und mit der Geschichte endet auch das Leben dieser Person. Aber manchmal bin ich auch froh. Dann ist das Ende wie die Befreiung aus einem bösen Traum, und ich fühle mich ganz leicht und frei, wie neugeboren‹« (120).

Kurz darauf allerdings erklärt sie ihre geringe Neigung zum Lesen von Literatur als bewusste Abwehrreaktion gegen eine persönliche Gefährdung ihrer Person:

> »›Ich lese nicht mehr viel‹, sagte Agnes, ›vielleicht deshalb. Weil ich nicht mehr wollte, dass Bücher Gewalt über mich haben. Es ist wie ein Gift. Ich habe mir eingebildet, ich sei jetzt immun. Aber man wird nicht immun. Im Gegenteil‹« (120).

Zu beachten ist aber, dass auch die Binnenhandlung, vom Kennenlernen der beiden Protagonisten bis zum Tod Agnes', aus der Perspektive des Ich-Erzählers dargestellt wird und dieser Ich-Erzähler notorisch unzuverlässig ist. Dies ist an vielen Stellen zu beobachten,

■ Unzuverlässiger Erzähler

Abb. 3: Wechselwirkungen zwischen der Binnenhandlung (Romanwirklichkeit) und der Binnenerzählung (Geschichte in der Geschichte)

an einer wird es besonders deutlich thematisiert: Ihr erstes gemeinsames Essen habe in einem chinesischen Restaurant stattgefunden, behauptet er in seiner Geschichte in der Geschichte. Tatsächlich war es ein indisches, wie Agnes in ihrem Kalender festgehalten hatte, »und der Eintrag bewies, dass ich im Unrecht war« (56). Dieses Eingeständnis ändert nichts daran, dass in der Binnenhandlung, also der fiktiven Romanwirklichkeit, zuvor die falsche Behauptung als Tatsache erzählt wird:

> »Wir beschlossen, in ein kleines chinesisches Restaurant in der Nähe der Universität zu gehen.« (22)

Ist Agnes tot?

Auch der Wahrheitsgehalt des ersten Satzes, »Agnes ist tot«, muss deswegen fraglich bleiben: Möglich ist, dass Agnes sich nur endgültig vom Ich-Erzähler getrennt hat und Agnes' Tod nur metaphorisch zu verstehen ist: Sie ist für ihn tot. Berichtet wird am Ende nur: »Agnes ist nicht zurückgekommen« (153). Fakten über ihren Tod gibt es nicht. Denkbar ist auch, dass Agnes sich statt am zweiten Schluss des Ich-Erzählers an dem ihrer eigenen Geschichte orientiert hat (»*Ich muss gehen. Ich stehe auf. Ich verlasse das Haus*«; 42), die sie nach der Kritik des Ich-Erzählers gelöscht hatte und die er eigentlich »besser« gefunden hatte »als alles, was ich in den letzten zehn Jahren geschrieben hatte« (43). Der offensichtliche Konstruktionscharakter der Geschichte in der Geschichte (»›du wirst aus meinem Kopf neu geboren wie Athene aus dem Kopf von Zeus‹«; 55) spiegelt möglicherweise den Konstruktionscharakter des Endes der Binnenhandlung des gleichen Ich-Erzählers.

Der (vermeintliche) Tod im Schnee markiert den Schlusspunkt einer Geschichte, die durch den zahlensymbolischen Hinweis auf ihre neunmonatige Dauer und durch die Einteilung in 36 Kapitel (neun Monate = 36 Wochen) den zeitlichen Verlauf einer Schwangerschaft und eines neu beginnenden Lebens evoziert, jedoch im leitmotivischen Gebrauch von Bildern der Kälte eine gegenläufige Entwicklung hin zum Erstarren einer Gefühlsbeziehung, zum Erkalten einer Liebe und zur Abwesenheit von menschlicher Wärme beschreibt. Von Anfang an zeigt der Roman die Welt im Gefrierzustand:

Symbole und Leitmotive

> »Es war kalt, als wir uns kennenlernten. Kalt wie fast immer in dieser Stadt. Aber jetzt ist es kälter, und es schneit« (9).

Zahlreiche Stationen aus dem Verlauf der erinnerten Gemeinschaft sind mit subjektiven Eindrücken der Kälte (»Obwohl es nicht kalt war, fröstelte mich« [14]; »Als wir wieder in die Wohnung kamen, war uns kalt« [53]; »Obwohl wir dicht beim Feuer saßen, fror Agnes« [73]; »Als wir wieder in die Wohnung kamen, waren wir völlig durchfroren« [127]) oder mit objektiven Situationen niedriger Temperatur verbunden (»Die letzten Sonnenstrahlen waren von der Wiese verschwunden, und es wurde kühler« [59]; »Die Sonne war untergegangen, und es war kühl geworden« [72]; »Es war kalt im Zelt« [75]; »Der November war kalt und regnerisch« [96]; »Oben auf dem Dach war es eiskalt« [126]). Agnes ist sensibel für die Auswirkungen jahreszeitlicher Veränderungen der Landschaft im Winter (vgl. 77 f.) und für deren Auswirkungen auf Lebewesen (vgl. 114). Sie zeigt sich anfällig für Erkältungen (vgl. 66) und leidet wenige Tage vor ihrem Tod an einer starken fiebrigen Erkältung (vgl. 131; 139).

Der Anblick des Schneetreibens in einer der Schlussszenen schließt an das Bild einer Winterlandschaft zu Beginn des ersten Kapitels an, welches wiederum zeitlich Agnes' Verschwinden folgt, so dass die gesamte Erzählung in der Form einer zirkulären Struktur durch das Kälte-, Eis- und Schneemotiv verklammert ist. In Verbindung mit anderen wiederkehrenden Motiven wie dem Wind und der Dunkelheit bildet es den Rahmen und die atmosphärische Kulisse für eine Handlung, welche den Menschen hauptsächlich im Zustand der seelischen Verkümmerung, der gegenseitigen Fremdheit, Bindungsunfähigkeit und Beziehungslosigkeit zeigt. Jenseits dieser ästhetischen Funktion als Sinnbild für psychosoziale Phänomene kommt der Naturdarstellung innerhalb des Romans eine noch viel wesentlichere Funktion zu, nämlich als konkreter Ausdruck ihrer elementaren Macht über den Menschen. Auf Agnes' Frage nach der Entstehung von »Wildnis« in einem ursprünglich besiedelten Gebiet erklärt der Aufseher eines Nationalparks:

■ Macht der Natur

»›Wir überlassen es [d.i. das Gebiet, Anm. d. Verf.] sich selbst [...], in wenigen Jahren hat die Natur sich alles zurückgeholt. Die Zivilisation ist nur eine dünne Haut, die sofort reißt, wenn man sie nicht mehr pflegt.‹ [...] Dann sagte er, wir sollten vorsichtig sein, und gab uns eine Broschüre über giftige Pflanzen und wilde Tiere. Viele Leute unterschätzten die Gefahren [...], die Natur verstehe keinen Spaß« (71).

Ihre langen Wanderungen durch »waldiges Gebiet« führen die beiden »an Ruinen von Farmen vorbei« (72) bis in ein »langgezogenes Tal«, wo sie auf »eine zerfallene Kirche« (77) stoßen: »Dahinter lag ein kleiner Friedhof [...]. Die meisten Grabsteine lagen ohne Ordnung umgekippt auf dem waldigen Boden. Wir entzifferten einige Namen und Lebensdaten« (77).

Tod, Verfall und Vergessen bestimmen das schauerromantische Ambiente des noch bis zur Wirtschaftskrise in den dreißiger Jahren bewirtschafteten und gesellschaftlich lebendigen Raumes (vgl. 70 f.). Am Abend vor dem Besuch der Geisterstadt reagiert der Ich-Erzähler mit »panische[r] Angst« (73), als Agnes am nächtlichen Lagerfeuer vor dem Zelt einen Schwächeanfall erleidet und ohnmächtig wird. Die labyrinthische Situation in der weglosen und zivilisationsfernen Umgebung des Sees, an dessen Ufer sie kampieren, empfindet er als in hohem Maße bedrohlich.

Es mag die Furcht vor der Kreatürlichkeit des Lebens und der Unberechenbarkeit der ›wilden‹ Natur sein, welche bei den Hauptfiguren des Romans ein Bedürfnis nach Selbstschutz durch fortwährende Affektkontrolle und nach einem manipulativen Umgang mit Menschen hervorruft. So sind etwa die Sterilität der Empfindungen und die Verabsolutierung individueller Autonomie (»Freiheit war mir immer wichtiger gewesen als Glück«; 110) Ausdruck einer Rationalisierung des Lebensvollzugs im Sinne seiner Absicherung gegen die Risiken etwa einer gefühlsmäßigen Bindung (z.B. Partnerschaft) oder einer sozialen Verantwortung (z. B. Elternschaft).

Mensch als Schöpfer

Eine äußerste, wenn auch, wie der Roman illustriert, vergebliche Form des Versuchs zur Beherrschung der Natur, ist ihre narrative Gestaltung durch einen literarischen Text, der die Wirklichkeit determiniert, indem er das menschliche Leben einem subjektiven Konzept anpasst, es sich auf diese Weise unterwirft und den Menschen aus einer gottgleichen Haltung heraus als »[s]ein Geschöpf« (62) betrachtet: In einem, wenn auch ironisch gefärbten Satz, erklärt der Ich-Erzähler sich zum mythischen Erzeuger der fiktionalen Agnes-Gestalt: »›Gut, sagte ich, ›du wirst aus meinem Kopf neu geboren wie Athene aus dem Kopf von Zeus, weise, schön und unnahbar‹« (55). Doch bereits im Hinblick auf die Darstellung der Vergangenheit stellen sich Divergenzen im Hinblick auf die unterschiedlichen Wahrnehmungen der Wirklichkeit dar:

»Ich war erstaunt, wie vieles Agnes und ich anders erlebt oder anders in Erinnerung hatten. Oft konnten wir uns nicht darauf einigen, wie etwas genau gewesen war, und auch wenn ich mich mit meiner Version meistens durchsetzte, war ich mir nicht immer sicher, ob Agnes nicht vielleicht doch recht hatte« (56).

In dem Maße, in dem die Mehrdeutigkeit der Realität als Produkt einer je subjektiven Sichtweise dem Anspruch auf eine objektive Wiedergabe und Deutung der Phänomene zuwiderläuft, erweist sich nicht nur jeder Verstehensakt als problematisch, sondern umso mehr auch jede Form der Antizipation von Zukunft, wie sie der Ich-Erzähler in Peter Stamms Roman *Agnes* betreibt.

Rolle der Kunst

Der Roman enthält demgegenüber auch Hinweise auf gelingende Formen der künstlerischen Auseinandersetzung mit Wirklichkeit und des menschlichen Bemühens, nicht »in der Natur unterzugehen« und »zu verschwinden« (32). Dazu gehören, neben der prähistorischen Megalithkultur von Stonehenge, die, wie Agnes meint, hinterlassen wurde, »um zu zeigen, dass jemand dagewesen ist, dass dort Menschen gelebt haben« (32), unter anderem auch die in der *Norton Anthology of Poetry* versammelten Gedichte, die für Agnes eine zentrale Bezugsquelle ihrer Gedanken und Gefühle darstellen (vgl. 39; 121). Inspiriert durch die Lektüre von Dylan Thomas' »A Refusal to Mourn the Death, by Fire, of a Child in London« setzt sie sich beispielsweise persönlich intensiv mit dem Tod ihres Kindes auseinander; der Ich-Erzähler hingegen ignoriert die Bedeutung des lyrischen Textes und bagatellisiert ihn (»›Ich verstehe es nicht [...] Es ist nur ein Gedicht‹, sagte ich, ›du darfst das nicht so ernst nehmen. Es sind nur Worte‹«; 131). Der Sachbuchautor erweist sich auch anderswo als künstlerischer Dilettant, der ein in Agnes' Wohnung zu sehendes expressionistisches Plakat des Malers Oskar Kokoschka abstoßend (vgl. 39) findet. Offenbar hat er auch noch nie die Chicagoer Bauten des Architekten Frank Lloyd Wright besichtigt und weiß bis zur Begegnung mit den Eltern von Louise auch nicht, dass der Schriftsteller Ernest Hemingway im Chicagoer Vorort Oak Park geboren wurde. Trotz seines hohen Bildungsstandes und seiner offenkundig großen Belesenheit (vgl. 48) scheint er die erkenntnisstiftende Funktion von Kunstwerken zu verkennen.

In einer Schlüsselszene des Romans, dem Bericht über die Betrachtung von Seurats Gemälde *Un dimanche après-midi à l'Ile de la Grande Jatte* im Art Institute of Chicago, wird das impressionistische Gemälde den beiden Besuchern zum Fundort ihrer gezielten Suche nach einem »Bild von glücklichen Menschen«. Nach ihrem subjektiven Eindruck zeigt das Bild zwar keine glücklichen Menschen, doch strahlt es »eine Ruhe aus, die dem, was wir suchten, am nächsten kam« (68). Die abgebildeten Gestalten dienen den Betrachtern als austauschbare Identifikationsfiguren für das eigene und für das Ich des jeweils

Abb. 4: Georges Seurat: *Un dimanche après-midi à l'Ile de la Grande Jatte* (1885, Art Institute of Chicago)

Anderen (vgl. 69). Indem das Kunstwerk lediglich Fixpunkt bei der Recherche nach speziellen Motiven (»ein Nebel- oder Rauchbild«; 68) und Projektionsfläche für persönliches Erleben bleibt, geht sein ihm eigentümlicher Bedeutungsgehalt verloren. Ein wirkliches Verstehen der auf dem Bild dargestellten Szene nämlich würde voraussetzen, dass der Ich-Erzähler und Agnes den Standpunkt ihrer ›bornierten‹ Subjektivität überschritten und – im Sinne des hermeneutischen Dreischritts von Erlebnis, Verstehen und Objektivation[7] – zu verallgemeinerbaren analytischen Aussagen gelangten.

Gleichwohl bleibt der Ich-Erzähler nicht ganz auf der Ebene des bloß kreativ-spielerischen und damit zunächst beliebigen Umgangs mit dem Kunstwerk stehen. Vielmehr erfasst er beim Anblick des dem Pointillismus[8] zugerechneten Gemäldes dessen wir-

7 Vgl. hierzu insbesondere die erkenntnistheoretischen Aussagen zur Hermeneutik, die der Philosoph Hans-Georg Gadamer in *Wahrheit und Methode* (1960) entwickelt hat. Demnach sind Kunst und Geschichte Gegenstände der Wahrheitsfindung im Sinne der Möglichkeit einer objektiven Bedeutungszuweisung. Indem der Mensch in der Begegnung mit Phänomenen, die sich nicht naturwissenschaftlich erklären lassen (Literatur, Malerei, Musik, der Mensch), die Ebene des Vorurteils bzw. der Vormeinung verlässt, kann er im wissenschaftlichen Verfahren des hermeneutischen Zirkels das Ganze aus dem Einzelnen und das Einzelne wiederum aus dem Ganzen verstehen.

8 Stilrichtung am Ende des 19. Jahrhunderts, bei der nicht in Strichen gemalt wird, sondern die Farben punktförmig aufgetragen werden.

kungsästhetische Besonderheit darin, dass erst Distanz die Möglichkeit von Erkenntnis schafft:

> »Als wir näher traten, zerfiel das Bild vor unseren Augen in ein Meer von kleinen Punkten. Die Konturen verschwammen, die Flächen flossen ineinander. Die Farben auf dem Bild waren nicht gemischt, sondern zusammengesetzt wie auf einem Gobelin. Es gab kein reines Weiß und Schwarz. Jede Fläche enthielt alle Farben und wirkte erst aus der Distanz als Ganzes« (68 f.).

Die hier in Bezug auf ein Kunstwerk getroffenen Aussagen erhalten im Rahmen des Romans insofern einen programmatischen Charakter, als auch das Bild, das der Erzähler auf mehreren Ebenen von Agnes zeichnet, Medium der Auseinandersetzung mit wahrnehmungs- und erkenntnistheoretischen Fragen nach den Grenzen und Möglichkeiten der künstlerischen Wirklichkeitsgestaltung ist.

7. Autor und Zeit

Biographische Übersicht

1963 Geburt am 18. Januar in Scherzingen im Schweizer Kanton Thurgau.

1979 Beginn einer kaufmännischen Lehre.

1982 Paris-Aufenthalt.

1983 **Erste literarische Entwürfe zu »Agnes«.**

1987 Aufnahme eines Studiums der Anglistik an der Universität Zürich, mehrmonatiger Aufenthalt in New York.

1988 Aufnahme eines Studiums der Psychologie mit den Nebenfächern Psychopathologie und Informatik; Praktika an psychiatrischen Kliniken.

1990 Abbruch des Psychologie-Studiums. Journalistische Tätigkeit mit Beiträgen für die *Neue Zürcher Zeitung* (NZZ), den überregionalen Züricher *Tages-Anzeiger*, das Schweizer Wochenmagazin *Die Weltwoche* und die satirische Zeitschrift *Nebelspalter*.

1991 *Ich und die anderen* (Hörspiel im Schweizer Radio DRS).

1992 Dreimonatiger Aufenthalt in New York.

1993 **Erster Entwurf einer 80-seitigen Agnes-Novelle, die unveröffentlicht bleibt.**
Die Nacht der Gewohnheiten (Hörspiel, DRS 1).

1994 *In Vitro* (Hörspiel, DRS 1).

1995 *Fremd gehen* (Theaterstück).
Der letzte Autofahrer (Hörspiel, DRS).

Bildnis eines Knaben mit Peitsche (Hörspiel). Deutschschweizer Hörspielpreis der Stiftung Radio Basel für *Der letzte Autofahrer.*

1997 **Hörspiel-Version des Agnes-Stoffes.** *Ableben* (Hörspiel, WDR). Redaktionelle Mitarbeit bei der Literaturzeitschrift *entwürfe.*

1998 **Veröffentlichung des Romans *Agnes* (Arche Verlag).** Ehrengabe des Kantons Zürich.

1999 *Blitzeis* (Erzählungen, Kurzgeschichten). *Nachtkampf oder die Kunst des Tee-Wegs* (Hörspiel). *Warum wir in der Stadt wohnen* (Hörspiel). **Rauriser Literaturpreis für *Agnes*** (der österreichische Rauriser Literaturpreis wird seit 1972 von der Salzburger Landesregierung für die beste Prosa-Erstveröffentlichung in deutscher Sprache verliehen).

2000 Rheingau Literatur Preis. *Passion* (Hörspiel, SWR). *Was wir können* (Hörspiel, WDR).

2001 *Ungefähre Landschaft* (Roman). Erstaufführung *Après Soleil oder Wen der Wind zur Insel trägt* (Schauspielhaus Zürich) *Blitzeis* (Hörspiel). Ehrengabe der Stadt Zürich.

2002 Preis der Schweizerischen Schillerstiftung. Carl Heinrich Ernst-Kunstpreis für Literatur.

2003 *In fremden Gärten* (Erzählungen).

Mitgliedschaft im Verband der »Autorinnen und Autoren der Schweiz«.
Winterthurer Kulturpreis.
Thurgauer Literaturpreis.

2004 *Der Kuss des Kohaku* (Theaterstück Schauspielhaus Hamburg).
Die Töchter von Taubenhain (Theaterstück Luzerner Theater).
Das Schweigen der Blumen (Hörspiel).
Poetikdozentur Junge Autoren der Fachhochschule Wiesbaden.

2005 *Treibgut* (Hörspiel).

2006 *An einem Tag wie diesem* (Roman).

2008 *Wir fliegen* (Erzählungen).

2009 *Sieben Jahre (*Roman).

2011 *Seerücken* (Erzählungen).
Alemannischer Literaturpreis der Stadt Waldshut-Tiengen (u. a.).

2012 Bodensee-Literaturpreis der Stadt Überlingen.

2013 *Nacht ist der Tag* (Roman.)
Mainzer Stadtschreiber.
Shortlist des Man Booker International Prize.

2014 *Der Lauf der Dinge* (Gesammelte Erzählungen).
Friedrich-Hölderlin-Preis der Stadt Bad Homburg.

2016 *Weit über das Land* (Roman).

Abb. 5: Peter Stamm (2005). – Peter Peitsch / © peitschphoto.com

Autor der Postmoderne

Es wäre vermessen, einen Roman, der unmittelbar vor dem Ende des 20. Jahrhunderts veröffentlicht wurde, bereits heute epochengeschichtlich zu kategorisieren, wie dies etwa bei Goethes *Die Leiden des jungen Werthers* (1774, Sturm und Drang), Eichendorffs *Aus dem Leben eines Taugenichts* (1826, Romantik) oder Fontanes *Effi Briest* (1896, Realismus) gemacht wird. Allein der Begriff der deutschen Nachkriegsliteratur, unter dem insbesondere Werke subsumiert werden, die sich mit dem Zweiten Weltkrieg und mit dem Nationalsozialismus auseinandersetzen, lässt sich nicht eindeutig zeitlich auf die 50er und 60er Jahre begrenzen, weil das Thema beispielsweise mit Publikationen wie *Der Vorleser* (1995) von Bernhard Schlink oder *Am Beispiel meines Bruders* (2003) von Uwe Timm nach wie vor aktuell bleibt.

Das Problem der zeitgeschichtlichen Zuordnung kann hier nicht ausführlich erörtert werden. Was die deutschsprachige Literatur der 90er Jahre betrifft, so sei auf markante Aspekte und Strömungen dieses Jahrzehnts hingewiesen. Zu diesen gehören »die Auseinandersetzung mit dem Mythos bei Christa Wolf, Botho Strauß und Peter Handke, […] das literarische Experimentieren in der Tradition historischer Avantgarden, wie es sich exemplarisch in der österreichischen Gegenwartsliteratur bei Friederike Mayröcker, Ernst Jandl, Marlene Streeruwitz und anderen zeigt« sowie »eine Tendenz zum Dokumentarismus, die eine Reihe von Prosatexten – von Alexander Kluge über Erich Hackl bis hin zu Feridun Zaimoglu – kennzeichnet« (Kammler 2004, S. 20).

Hinzu kommt – nach der Auflösung des DDR-Staates und mit der Wiedervereinigung – die literarische Verarbeitung des Kalten Krieges und des Lebens im geteilten Deutschland, so in Thomas Brussigs *Helden wie wir* (1995). Eine weitere Entwicklung zeitigt die Popliteratur, in der Schriftsteller wie Benjamin von Stuckrad-Barre, Christian Kracht oder Alexa Hennig von Lange Themen wie Liebe, Sexualität, Drogenkonsum, Musik und Lifestyle in einer sprachlichen

Form präsentieren, welche vorwiegend junge Leser anspricht und kommerziell erfolgreich ist.

Jedoch: Nichts davon bestimmt das Erzählen in Peter Stamms *Agnes*. Stattdessen scheint er in der Tradition dessen zu stehen, was seit Beginn der 80er Jahre mit dem Etikett der Postmoderne versehen wurde. Der Terminus entstand »in Abgrenzung gegen jene rationalistischen Leitideen, die im 20. Jahrhundert durch die Geschichte mehr oder weniger endgültig widerlegt schienen: vom aufklärerischen Glauben an die Emanzipation des Menschen aus ›selbstverschuldeter Unmündigkeit‹ (Kant) bis hin zu teleologischen Geschichtsvorstellungen und Glücksutopien kapitalistischer oder marxistischer Provenienz. An die Stelle solchen Einheitsdenkens setzt die Postmoderne das Paradigma der Pluralität, des Differenten, die ›irreduzible Vielfalt der Sprach-, Denk- und Lebensformen‹, die es auf politischer, theoretischer und ästhetischer Ebene freizusetzen gelte« (Kammler 2004, S. 21 f.).

Merkmale der Postmoderne

Mit seiner Vervielfachung der Erzählebenen, mit seinen Verweisen auf andere Künstler und deren Werke, mit dem Zitieren von Texten oder mit seiner Einbeziehung anderer Medien lassen sich in Peter Stamms Roman jene narrativen Verfahrensweisen erkennen, die in Verbindung mit dem postmodernen Erzählen allgemein assoziiert werden: Intertextualität, Metafiktion, Medialität, Dekonstruktion. Ihnen gemeinsam sind die Relativierung von Perspektiven, Standpunkten, vermeintlichen Wahrheiten sowie die damit einhergehende Absage an kohärente, realistische Erzählmuster.

8. Rezeption

Peter Stamms Roman *Agnes* wurde nach seiner Veröffentlichung im Jahre 1998 von der Kritik als »vollkommen«[9] und als »wunderbares, rein komponiertes Werk«[10] mit »Bilder[n] von überraschender Dichte und Kraft«[11] gerühmt.

Als »Roman über die Liebe, die Unfähigkeit und die Einsamkeit«[12] thematisiert *Agnes*, wie zahlreiche Rezensenten vermerken, das Prekäre der zwischenmenschlichen Beziehungen. So meint Ulrich Greiner: »Die Menschen in Peter Stamms Prosa gleichen Sternen im All, die einander tangieren oder touchieren und dann wieder auseinander fliegen.«[13]

■ Das Prekäre der zwischenmenschlichen Beziehungen

Im Vordergrund der Buchbesprechungen stehen jedoch Sprache und Form des Romans, dessen Identifikationspotential vor allem als ein Produkt der Erzählkunst angesehen wird. Der Autor gilt etwa für Christoph Schröder seit seinem Debütroman *Agnes* als ein Erzähler, »der in einer kühlen, distanzierten Sprache und mit wenigen Worten Abgründe auftun

■ Identifikationspotential

9 Peter Hamm, *»Der Tod der erzählten Frau«*, in: *Focus* Nr. 47, 1998, S. 184 (*www.focus.de/auto/neuheiten/literatur-der-tod-der-erzaehlten-frau_aid_175197.html*, 10.11.2016).

10 Silja Ukena, *»Wenn das Leben zum Zwang wird«*, in: *Hamburger Abendblatt* Nr. 292, 15. Dezember 1998.

11 *Der Spiegel* Nr. 43, 19. Oktober 1998, S. 259 (*www.spiegel.de/spiegel/print/d-8002534.html*, 10. 11. 2016).

12 Pia Reinacher, »Es zerstört die Phantasie die Liebe«, in: *Tages-Anzeiger* vom 26. Oktober 1998.

13 Zit. nach: siehe Anm. 2.

kann.«[14] Stamm beherrsche, so heißt es bei Greiner, »die Kunst, eine Szene mit wenigen Sätzen so zu skizzieren, dass im Kopf des Lesers ein vollständiges Bild entsteht. Stamms Sprache ist von großer Schlichtheit, die Hauptsätze, kaum unterbrochen durch Einschübe, gehen melodisch ineinander über, mit wenigen Adjektiven koloriert er das Ambiente: Es ist karg, aber geschmackvoll eingerichtet.«[15] Während Ulrich Greiner die hier aus seiner Besprechung zitierten Stilmerkmale in einem durchaus kritischen Sinn als ›klischeehafte‹ und ›sentimentale‹ Versatzstücke eines »Sound[s]« etikettiert, äußert sich Pia Reinacher nicht nur im Hinblick auf die sprachlich-stilistische Darstellung, sondern auch in Bezug auf die Struktur eindeutig positiv. Das wirkliche Talent dieses Autors verrate sich »in der strengen Tektonik seines Romans«, im Willen zur Form: »Das ist es, was einen an diesem Roman hängen lässt, noch lange, nachdem man ihn gelesen hat. Peter Stamm baut doppelte Böden ein, öffnet, wo man es am wenigsten erwartet, geheime Tapetentüren, die von einem Erzählraum in den anderen führen, enthüllt vor den Augen des Lesers plötzlich versteckte Verliese und verborgene

Ästhetische Qualität

14 Christoph Schröder, *»Peter Stamms ›Sieben Jahre‹. Das bedrohliche Gefühl von Freiheit«*, in: *Frankfurter Rundschau*, 11. August 2009 (*www.fr-online.de/kultur/literatur/das-bedrohliche-gefuehl-von-freiheit/-/1472266/3062340/-/index.html*, 10. 11. 2016).

15 Zit. nach: siehe Anm. 2.

Kellerräume. Das macht die Anziehungskraft dieser durchschnittlichen Liebesgeschichte aus.«[16]

In gleicher Weise zeigt sich auch Sabine Doering beeindruckt von der ästhetischen Gestaltungskraft des Schriftstellers: »Ein dichtes Netz von Verweisen durchzieht die fein aufeinander abgestimmten Kapitel des Buches, immer wieder findet Stamm suggestive Bilder für die Kälte und Beziehungslosigkeit, in denen er seine Figuren gefangen sieht.«[17]

Die Rezensentin bestätigt mit dieser Feststellung zur besonderen poetischen Qualität des Werkes indirekt die Korrespondenz von Gehalt und Gestalt, wenn sie in Peter Stamms *Agnes* eine »verstörende Parabel über die Macht der Literatur«[18] entdeckt. Wie andere Kritiker auch weist sie dem Gegenstand ihrer Ausführungen kaum eine ausgesprochen große inhaltliche Originalität zu, um stattdessen umso mehr die erzählerische Leistung des Autors hervorzuheben.

2016 kam der Film *Agnes* in die Kinos. Unter der Regie von Johannes Schmid sind in den Hauptrollen Stephan Kampwirth (als Ich-Erzähler, hier, wohl in Anlehnung an die Hauptfigur in Max Frischs *Homo faber*, mit dem Namen Walter) und Odine Johne (als Agnes) zu sehen. Das Drehbuch schrieben Nora Läm-

16 Pia Reinacher (Anm. 12).

17 Sabine Doering, »Eiswinde in Chicago. An der Literatur erfroren: Peter Stamms gelungener Debüt-Roman«, zit. nach: *www.faz.net/aktuell/feuilleton/buecher/rezensionen/belletristik/rezension-belletristik-eiswinde-in-chicago-11317704.html* (10. 11. 2016).

18 Ebenda.

mermann und Johannes Schmid. Abweichend vom Roman spielt der Film in einer nicht genannten deutschen Großstadt. Er treibe, so die die *Süddeutsche Zeitung*, »das Spiel mit Wirklichkeit und Fiktion noch weiter, führt in ein Wirrwarr aus Vor- und Rückblenden und gegensätzlichen Handlungsläufen«.[19] Er ist somit, so Patrick Wellinski, »keine Ergänzung zum Buch geworden, sondern eine Interpretation«.[20]

19 *www.sueddeutsche.de/kultur/filmtipp-des-tages-wirrwarr-wirklichkeit-1.3018263* (10. 11. 2016).
20 *www.deutschlandradiokultur.de/verfilmung-von-peter-stamms-agnes-keine-ergaenzung-eine.1270.de.html?dram:article_id=343028* (10. 11. 2016).

9. Wort- und Sacherläuterungen

7 **St. Agnes! […] John Keats:** Die aus einer römischen Adelsfamilie stammende Agnes (237 – ca. 250 n.Chr.) wird in der katholischen Kirche als Märtyrerin und als Schutzpatronin der Jungfrauen verehrt, weil sie aus Treue zu Christus die Zwangsehe mit dem Sohn eines hohen Verwaltungsbeamten verweigerte und dafür öffentlich hingerichtet wurde. Die Enthauptung nach Art der Tötung von Lämmern führte dazu, dass die Heilige in bildlichen Darstellungen mit einem Lamm (lat. *agnus*) gezeigt wird.

Die romantische, 42 Strophen umfassende Verserzählung *The Eve of St. Agnes* des engl. Dichters John Keats (1795–1821) nimmt Elemente einer Legende auf, nach der einer Jungfrau am St. Agnes-Abend die Vision einer Begegnung mit dem zukünftigen Geliebten versprochen ist, wenn sie an das Wirken des Wunderbaren glaubt. Das Gedicht, das zu Beginn des Jahres 1819 vor dem Hintergrund des Namenstagfestes der Heiligen Agnes am 21. Januar entstand, thematisiert die Überwindung der vom Tod gezeichneten Wirklichkeit des menschlichen Daseins durch die Hingabe an den Traum einer himmlisch-unsterblichen Liebe.

Die dem Roman als Motto vorangestellten Verse des Gedichts »Sankt Agnes! Ah, es ist Sankt Agnes-Nacht! / Doch Menschen morden auch an heiligen Tagen« verweisen auf die Gegenwart des ewig Bösen selbst in vordergründigen Momenten seiner kultisch-religiösen Aufhebung.

Abb. 6: Karte der Großen Seen Nordamerikas

9,4 **Chicago Public Library:** Mit einem Bestand von nahezu 11 Millionen Einzeltiteln gilt die CPL nach der *Library of Congress* in Washington, D. C., der *New York Public Library* und der *Boston Public Library* als eine der größten öffentlichen Bibliotheken in den USA.

9,7 **Michigansee:** einer der fünf Großen Seen Nordamerikas mit einer Länge von 494 km und einer Breite von 190 km. Er grenzt an die Bundesstaaten Indiana, Illinois, Wisconsin und Michigan. Die wichtigsten Häfen sind Chicago und Milwaukee.

10,3 **Columbus Day:** Festtag zur Erinnerung an die Landung des Seefahrers Christoph Kolumbus (1451–1506), der als Großadmiral im Dienst des span. Königshauses im Verlauf einer ersten Expedition, die den Seeweg nach Indien erschließen sollte, am 12. Oktober 1492 Mittelamerika erreichte. In den USA wird die Entdeckung des amerikan. Kontinentes jedes Jahr am zweiten Montag im Oktober vor allem in New York City mit großen Veranstaltungen, so zum Beispiel mit einer Parade auf der 5th Avenue, gefeiert.

10,4 ***Hoosier National Forest:*** eines von über 150 großen Waldgebieten, die unter der Kontrolle der US-amerikan. Regierung stehen. Der *Hoosier National Forest* liegt im Mittleren Westen der USA im Bundesstaat Indiana, der im Norden an Michigan und den Michigansee grenzt.

11,22 **pomadisiertes Haar:** Frisur, die mit Pomade, einer salbenähnlichen parfümierten Substanz, gefestigt ist.

13,2 ***Chicago Tribune:*** überregionale Tageszeitung im Mittleren Westen der USA mit konservativer politischer Ausrichtung.

13,16 **amerikanische Luxuseisenbahnwagen:** Ab 1859 erbaute der in Chicago ansässige Konstrukteur und Industrielle Georges Mortimer Pullman (1831–1897) für die US-amerikan. Eisenbahn Waggons, die in ihrer Innenausstattung den luxuriösen Salons von Flussdampfern nachempfunden waren.[21]

13,18 f. **Armee-Einsatz während des Pullman- Streiks:**

21 Vgl. hierzu Wolfgang Schivelbusch, *Geschichte der Eisenbahnreise. Zur Industrialisierung von Raum und Zeit im 19. Jahrhundert*, Frankfurt a. M. 1989, S. 103.

Die von G. M. Pullman im Jahre 1867 gegründete »Pullman Palace Car Company« ließ 1880 innerhalb von Chicago eine Industriestadt mit relativ komfortablen Wohnungen für die Arbeiter errichten. Als während einer wirtschaftlichen Rezession im Jahre 1894 deren Gehälter, nicht jedoch die Miet- und Warenpreise gesenkt wurden, begannen die 50 000 Arbeiter einen zunehmend gewaltsamen Streik, der nach zwei Monaten von Polizei und Militär blutig niedergeschlagen wurde.

14,18 **Freitreppe:** nicht überdachte und häufig sehr ausladende Treppe im Freien, die zum Eingang eines Gebäudes oder von einem höheren zu einem tiefer gelegenen Geländepunkt führt.

18,7 **Lobby:** spezielle Bezeichnung der Wandelhalle im brit. Unterhaus, im US-amerikan. Kapitol oder in anderen Parlamentsgebäuden, wo die Abgeordneten sich zu Gesprächen mit Wählern und Vertretern von Interessenverbänden treffen, die nicht Mitglieder des Parlaments sind und kein Regierungsamt innehaben. Allgemein meint der Ausdruck, wie hier, den Vor- oder Empfangsraum in einem Gebäude.

20,6 **die Symmetrien der Symmetriegruppen von Kristallgittern:** Ein Kristall ist ein fester, regelmäßig geformter und von ebenen Flächen begrenzter Körper. Das Kristall- oder Punktgitter bezeichnet eine dreidimensionale Anordnung von (mathematischen) Punkten, mit deren Hilfe die Symmetrie und Geometrie eines Kristalls beschrieben werden können.

20,20 **Florida:** Bundesstaat im Südosten der USA.

24,27 **Robert Frost:** (1874–1963) bedeutender US-amerikan. Verfasser vor allem von Heimat- und Naturgedichten. Für vier Gedichtbände erhielt der Autor den Pulitzer-Preis, eine der höchsten Auszeichnungen für herausragende journalistische und literarische Leistungen in den USA.

27,7 **Sonntagsschullehrerin:** Die Sonntagsschule ist eine Einrichtung insbesondere protestantischer Kirchen zur sonntäglichen Einführung in die Theorie und Praxis des christlichen Glaubens. Die im Jahre 1780 von dem englischen Zeitungsverleger und Sozialreformer Robert Raikes (1735–1811) entwickelte Glaubensunterweisung (Katechese) von Kindern und Jugendlichen diente – im Rahmen der gemeinsamen Beschäftigung mit der Bibel – ursprünglich auch der Alphabetisierung von Kindern aus unterprivilegierten Familien.

31,17 **Dissertation:** schriftliche wissenschaftliche Abhandlung zur Erlangung des akademischen Doktorgrades.

31,23 **Stonehenge:** vorgeschichtliche, an der Wende von der Jungsteinzeit zur Bronzezeit entstandene Konstruktion aus großen, kreisförmig aufgestellten Steinblöcken (Megalithe) bei Salisbury in Südengland. Das Bauwerk besaß vermutlich eine kultische sowie eine astronomische Funktion, indem es der Beobachtung von Sonnen- und Mondbewegungen diente. Seit 1986 gehört die mehr als 4000 Jahre alte Anlage zum UNESCO-Weltkulturerbe.

32,2 **astrologisch:** Die schon in frühen Kulturen praktizierte Astrologie stellt historische und individuelle Ereignisse in einen direkten Zusammenhang mit der

Konstellation der Gestirne. Die Sterndeutung gelangt dabei – etwa in der Form von Horoskopen – auch zu Voraussagen von Schicksalen in Abhängigkeit von den Geburtsdaten des Menschen. Im Gegensatz zu den wissenschaftlich nicht überprüfbaren Aussagen der Astrologie ist die Astronomie eine exakte Naturwissenschaft, die durch Beobachtung und Analyse zur Erforschung des Universums beiträgt.

32,3 **mythologisch:** Die Mythologie bezeichnet die Gesamtheit der Überlieferungen eines Volkes aus seiner Vorzeit. Dazu gehören Erzählungen über Götter und Helden sowie über die Entstehung der Welt und des Menschen.

32,4 **prähistorisch:** ›vorgeschichtlich‹. Meint die früheste bzw. älteste Periode der Menschheitsgeschichte vor dem ersten Auftreten von Schriftzeugnissen. Die Urgeschichte umfasst – unter Bezug auf den jeweiligen Gebrauch von Arbeitswerkzeugen in Europa und im Mittelmeerraum – die Steinzeit, die vor etwa 2,5 Millionen Jahren begann und bis ca. 2200 v. Chr. andauerte, sodann die Bronzezeit (ca. 2200 bis 1200 v. Chr.) und schließlich die Eisenzeit (ca. 1100 bis zum 6. Jahrhundert v. Chr.), auf die die Antike bzw. die Frühzeit folgte.

32,11 **Sears Tower:** das im Jahre 1974 in Chicago eröffnete und seit 2009 als *Willis Tower* bezeichnete Gebäude ist mit einer Gesamthöhe von 527 Metern und 108 Stockwerken der höchste Wolkenkratzer in den USA.

32,24 **Catskills:** Mittelgebirge im Nordosten der USA im Bundesstaat New York. Das großenteils unter Naturschutz stehende Gebiet mit Bergen bis zu einer Höhe von über 1200 m ist ein beliebtes touristisches Ziel der Einwohner von New York.

35,6 **Auraltherapie:** alternativmedizinische Behandlungsmethode, häufiger als Aura-Therapie bezeichnet. Sie behauptet die Existenz eines menschlichen Energiefeldes (Aura), durch dessen Analyse und Beeinflussung therapeutische Erfolge möglich sein sollen.

38,25 **Talar:** bis zu den Füßen reichendes, weites und schwarzes Amts- oder Festgewand von Angehörigen bestimmter Berufsgruppen (Geistliche, Richter, Hochschullehrer).

39,18 ***Norton Anthology of Poetry:*** von Margaret Ferguson, Mary Jo Salter und John Stallworthy herausgegebene Sammlung englischsprachiger Gedichte aus der Zeit zwischen Mittelalter und Gegenwart.

39,21 [Ernst] **Ludwig Kirchner:** (1880–1938) dt. Maler und Grafiker, gemeinsam mit Erich Heckel (1883–1970) und Karl Schmidt-Rottluff (1884–1976) Mitbegründer der expressionistischen Dresdener Künstlergruppe »Die Brücke«.

39,23 ***Mörder, Hoffnung der Frauen:*** einaktiges Theaterstück des österr. Künstlers Oskar Kokoschka (vgl. 39,27), nach einer improvisierten Inszenierung am 4. Juli 1909 verschriftlicht und mehrfach überarbeitet, so dass mehrere Versionen des Textes existieren. In der dramatischen Gestaltung des Geschlechterkampfes von Mann und Frau repräsentiert das Stück die romantische Idee des Gesamtkunstwerks, an dessen Produktion unterschiedliche Künstler mitwirken: der dt. Komponist Paul Hindemith (1895–1963) vertonte den literarischen Text in einer Oper (op. 12); der Autor Oskar Kokoschka entwarf die Plakate zur Theater- und zur Opernaufführung. Dieses zeigt den Autor und Maler vermutlich in einer Selbstdarstellung zwischen Sonne (Tag) und Mond (Nacht).

39,27 **Oskar Kokoschka:** (1886–1980) bedeutender österr. Maler, Grafiker und Dichter, dessen expressionistische, durch intensive Farbigkeit gekennzeichnete Porträts, Städtebilder und Landschaftsdarstellungen von den Nationalsozialisten als »entartet« diffamiert wurden.

45,13 **Diapositiv:** (kurz: Dia) transparentes Fotopositiv zur Lichtprojektion.

47,5 **Unabhängigkeitstag:** (engl. *Independence Day*) alljährlicher Feiertag am 4. Juli (*Fourth of July*), an dem in den USA an die Erklärung der Unabhängigkeit der ehemaligen dreizehn brit. Kolonien von Großbritannien am 4. Juli 1776 erinnert wird. Die USA gelten seit diesem Datum als souveräner Staatenbund.

47,6 **Grant Park:** innerhalb der Stadt Chicago unmittelbar am Ufer des Michigansees gelegener Park, der mit seiner symmetrischen Anlage, seinen Brunnen und Skulpturen nach dem Modell des Versailler Schlossparks die Stilmerkmale der klassischen französischen Gartenarchitektur zeigt.

Auf dem Gelände des Parks befinden sich vier bedeutende Museen: ein Kunstmuseum (Art Institute of Chicago), ein Naturkundemuseum (Field Museum of Natural History), ein Astronomiemuseum mit Planetarium (Adler Planetarium & Astronomy Museum) sowie das im Jahre 1929 erbaute John G. Shedd Aquarium.

48,10 **Hispanics:** Ausdruck zur Bezeichnung der in den USA lebenden Personen, die aus den spanischsprachigen Ländern Süd- und Mittelamerikas sowie aus Spanien stammen.

48,24 f. ***So long as men […] to thee:*** Schlussverse aus dem Sonett XVIII von William Shakespeare (1564–1616), das in einem Zyklus von insgesamt 154 Gedichten (Erstausgabe 1609) der Vergänglichkeit der äußeren Natur das Ideal der göttlich-übernatürlichen Natur der Jugend entgegenstellt:

Shall I compare thee to a summer's day?
Thou art more lovely and more temperate:
Rough winds do shake the darling buds of May,
And summer's lease hath all too short a date:
Sometime too hot the eye of heaven shines,
And often is his gold complexion dimm'd;
And every fair from fair some time declines,
By chance, or nature's changing course, untrimm'd;
But thy eternal summer shall not fade,
Nor lose possession of that fair thou ow'st;
Nor shall Death brag thou wander'st in his shade,
When in eternal lines to time thou grow'st:
So long as men can breathe or eyes can see,
So long lives this, and this gives life to thee.

Soll ich vergleichen einem Sommertage
Dich der du lieblicher und milder bist?

Des Maien teure Knospen drehn im Schlage
Des Sturms und allzukurz ist Sommers Frist.

Des Himmels Aug scheint manchmal bis zum Brennen ·
Trägt goldne Farbe die sich oft verliert ·
Jed Schön will sich vom Schönen manchmal trennen
Durch Zufall oder Wechsels Lauf entziert.

Doch soll dein ewiger Sommer nie ermatten:
Dein Schönes sei vor dem Verlust gefeit.
Nie prahle Tod · du gingst in seinem Schatten..
In ewigen Reimen ragst du in die Zeit.

Solang als Menschen atmen · Augen sehn
Wird dies und du der darin lebt bestehn.

(Übers. Stefan George)

54,19 ***Zynismus:*** verletzend-spöttische Haltung.

55,9 **wie Athene aus dem Kopf von Zeus:** Dem antiken Mythos nach wurde die Schutzgöttin der Stadt Athen, Pallas Athene, aus dem Haupt des Zeus geboren, dem die als wehrhaft und kämpferisch geltende jungfräuliche Göttin mit Helm, Schild und Speer entsprang.

57,26 **Knickerbocker:** (engl.) Kniehose, deren Beinlinge unter dem Knie durch einen Bund zusammengehalten werden.

68,18 **Art Institute of Chicago:** vgl. zu 47,6 (**Grant Park**).

68,20 **Seurats *Un dimanche après-midi à l'Ile de la Grande Jatte:*** (»Ein Sonntagnachmittag auf der Insel La Grande Jatte«) Gemälde des frz. Impressionisten Georges Seurat (1859–1891). Das aus dem Jahre 1885 stammende Bild ist seit 1924 im Besitz des Art Institute of Chicago. Es zeigt die typischen Merkmale des sog. Pointillismus, einer Maltechnik, bei der das gesamte Bild aus regelmäßigen kleinen Farbtupfern (frz. *le point* »der Punkt«) in reinen Farben besteht.

69,4 **Gobelin:** (frz.) von Hand gearbeiteter (Wand)Teppich aus der Zeit des 17. und 18. Jahrhunderts aus dem königlichen Manufakturbetrieb der Färberfamilie Gobelin in Paris.

69,21 **Cheesecake:** amerikan. Dessert-Kuchen aus Frischkäse.

70,14 **Indianapolis:** Hauptstadt des Bundesstaates Indiana im Mittleren Westen der USA.

70,26 ***Indian Summer:*** anglo-amerikan. Bezeichnung der Herbstperiode in Nordamerika mit ihren spätsommerlichen Temperaturen und einer ausgeprägten Laubfärbung, vergleichbar mit dem dt. ›Altweibersommer‹.

79,7 **Planetarium:** vgl. zu 47,6 (**Grant Park**).

79,19 ***Lincoln Park Zoo:*** am Ufer des Michigansees in Chicago; seit seiner Gründung im Jahre 1868 einer der ältesten US-Tierparks.

83,1 **Halloween:** in vorchristl. Zeit keltisch-angelsächsisches Fest zur Feier des Winteranfangs, das mit Opfern, Feuer, Maskeraden u.a. die Geister, Hexen und Dämonen vertreiben sollte. In den USA seit ca. 1830 von irischen Einwanderern verbreitetes Ritual in der

Nacht vom 31. Oktober auf den 1. November, an dem das katholische Fest Allerheiligen (engl. *All Hallows' Eve*) gefeiert wird. Inzwischen international populäres und kommerziell genutztes Spektakel.

83,8 **Elfen:** Naturgeister der nordischen Mythologie mit sowohl negativen als auch positiven magischen Fähigkeiten; Fabelfiguren in der Fantasy-Literatur.

84,24 **Polonaise:** festlicher Schreittanz im ¾-Takt.

97,15 **Agatha Christie:** (1890–1976) brit. Verfasserin zahlreicher berühmter Kriminalromane mit den Detektivgestalten Miss Marple und Hercule Poirot.

98,10 **Thanksgiving** [Day]: traditionsreiches US-amerikan. u. kanad. Fest zum Dank für die (erste) Ernte, das in den Vereinigten Staaten jeweils am vierten Donnerstag des Monats November als nationaler Feiertag gefeiert wird.

100,1 **Frank Lloyd Wright:** amerikan. Architekt (1869–1959), dessen städtebauliche Pläne und Wohnhäuser dem Konzept einer ›organischen Architektur‹ verpflichtet sind, bei der die umgebende Landschaft in die Gestaltung einer großen Zahl der mehr als 300 privaten und öffentlichen Objekte einbezogen ist. Die von Wright entworfenen flachen Präriehäuser in den Vororten von Chicago (Oak Park) zeichnen sich dadurch aus, dass die Räume ineinander übergehen.

100,4 [Ernest] **Hemingway:** amerikan. Schriftsteller (1899–1961), der in Erzählungen und Romanen wie *Wem die Stunde schlägt (For Whom the Bell tolls,* 1940) und *Über den Fluss und in die Wälder (Across the River and into the Trees,* 1950) vor allem die Bewährung männlicher Helden in extremen Gefahrensituationen (Jagd, Stierkampf, Krieg) thematisierte. Für sein bekanntestes Werk, die Novelle *Der alte Mann und das Meer* (*The Old Man and the Sea*, 1952), wurde er 1954 mit dem Literaturnobelpreis ausgezeichnet.

100,6 **Stanton:** falsche Aussprache des Ortsnamens von S(ank)t. Anton am Arlberg, einem bekannten alpinen Wintersportzentrum im österr. Bundesland Tirol.

101,13 **Paul Valéry:** frz. Dichter (1871–1945).

101,17 **Mein kleiner Thoreau:** ironische Anspielung auf den US-amerikan. Schriftsteller und Philosophen Henry David Thoreau (1817–1862), der in seinem Werk *Walden. Or life in the woods* (1854) sein Leben in einer 1845 in den Wäldern von Concord (Massachusetts) errichteten Blockhütte beschreibt. Der Bericht von einem alternativen Lebensentwurf fernab der industrialisierten Massengesellschaft enthält unter anderem auch zahlreiche Reflexionen über Aspekte des menschlichen Daseins und Betrachtungen über die Tiere des Waldes oder über Literatur. Das Buch beeinflusste die Naturschutzbewegung und die Jugendrevolte der 68er-Generation.

102,19 ***A Farewell to Arms:*** In dem Roman (dt. *In einem andern Land*) aus dem Jahre 1929 verarbeitete Ernest Hemingway seine Erlebnisse als Sanitäter während des Ersten Weltkriegs. Die Liebesgeschichte zwischen einem Soldaten und einer Krankenschwester wurde mehrfach verfilmt, zuerst 1932 unter der Regie von Frank Borzage.

102,20 **Gary Cooper:** amerikan. Filmschauspieler (1901–1961), verkörperte Heldentypen in Wildwest- und

Abenteuerfilmen wie *Zwölf Uhr mittags* (*High Noon*, 1952) und *Wem die Stunde schlägt* (Verfilmung des gleichnamigen Romans von Hemingway, 1943, vgl. zu 100,4).

106,13 **Plexiglas:** glasartiger Kunststoff, der nicht splittert.

109,17 [Franz] **Schubert:** österr. Komponist (1797–1828), dessen Werk den Übergang von der Wiener Klassik zur Romantik markiert. Neben Sinfonien, Streichquartetten und Klaviersonaten standen besonders Liedvertonungen im Zentrum seines Schaffens.

112,5 **Cereals:** (engl.) Frühstücksflocken, Müsli.

119,25 ***Siddharta:*** Die erstmals 1922 veröffentlichte Erzählung des dt.-schweizer. Schriftstellers Hermann Hesse handelt vom Lebensweg eines Inders hin zu einem rein geistigen Dasein der Loslösung vom Ich und von allem Weltlichen.

123,2 **triklin-asymmetrisch:** Das trikline Kristallsystem (vgl. Anm. zu 20,6) ist eines von insgesamt sieben Kristallsystemen in der Kristallographie.

125,24 **UPS:** Paketdienst *United Parcel Service*; weltweit operierendes Logistikunternehmen, das 1907 in den USA gegründet wurde.

130,15 f. ***A Refusal* [...] *in London:*** Titel eines aus dem Jahre 1945 stammenden Gedichts des walisischen Schriftstellers **Dylan Thomas** (1914–1953). Mit der »Weigerung, den Feuertod eines Kindes in London zu betrauern« wird der Tod auch als Rückkehr in die kosmische Einheit eines unzerstörbaren Daseins betrachtet.

132,22 ***Willow Springs:*** Ort mit ca. 5000 Einwohnern im US-Bundesstaat Illinois.

132,25 **bengalisches Feuer:** in grellen Farben verbrennender Stoff, der häufig bei Feuerwerken zur Anwendung kommt.

136,22 ***Times Square:*** nach der Zeitung *New York Times* benanntes Zentrum des Theaterviertels in Manhattan (Broadway).

137,3 f. ***Should auld* [...] *to mind?:*** Anfangsverse des von dem schottischen Dichter Robert Burns (1759–1796) verfassten Liedtextes »Auld Lang Syne«, der in den anglophonen Ländern traditionsgemäß in der Neujahrsnacht sowie in der Pfadfinderbewegung als Abschiedslied am Ende gemeinsamer Veranstaltungen gesungen wird.

144,20 **Patriarch:** hier: Mann, der autoritär über andere Menschen bestimmen möchte, nur weil sie in einem bestimmten verwandtschaftlichen oder rechtlichen Abhängigkeitsverhältnis zu ihm stehen.

147,14 **Cinderella:** engl. Name für die Märchenfigur von Aschenputtel, einem Mädchen, das nach fortwährender Erniedrigung durch Stiefmutter und Stiefschwestern schließlich durch Vermählung mit einem Königssohn sein Glück findet. Dabei spielt die Anprobe eines verlorenen Schuhs eine entscheidende Rolle als Erkennungsmerkmal.

10. Prüfungsaufgaben mit Lösungshinweisen

Analyse und Interpretation einer Textstelle

Aufgabe

Am frühen Neujahrsmorgen, ungefähr zum Zeitpunkt des mutmaßlichen Todes von Agnes, kehrt der Ich-Erzähler zu seiner Hochhauswohnung zurück.

Analysieren Sie den entsprechenden Textauszug S. 147,19 (»Ich konnte die Wohnungstür nicht öffnen.«) bis S. 149,7 (»Endlich war es still, der Lift bewegte sich nicht mehr, und ich stand auf und ging weiter.«) im Hinblick auf die Darstellung der äußeren Situation und der inneren Verfasstheit des Ich-Erzählers.

Lösungshinweise

1. **Einleitung:** Orientierende Einordnung des Textauszugs in die Romanhandlung

2. **Darstellung der äußeren Situation:**

- Nächtliche Rückkehr des Ich-Erzählers in seine Wohnung in die 27. Etage eines Hochhauses in Chicago. Er steigt irrtümlich ein Stockwerk zu früh aus dem Lift und versucht vergeblich, die vermeintliche Tür zu seiner Wohnung zu öffnen, bis er feststellt, dass es die falsche ist.

- Die Unzugänglichkeit des mutmaßlich privaten Raums veranlasst den Ich-Erzähler zu langwierigen und umständlichen Versuchen, die Tür aufzuschließen und sich durch Klingeln Zugang zu verschaffen. Erst als der eigentliche Bewohner öffnet, klärt sich das Missverständnis auf.
- Räumliche Desorientierung des Ich-Erzählers in ungewohnter Umgebung: menschenleerer Hochhausflur mit Notbeleuchtung bei Nacht, Wechsel zwischen Stille und lärmenden Geräuschen des Lifts.
- Das Erscheinen einer unbekannten, exotischen Figur (Japaner im weißen Morgenmantel) betont die Fremdheit der äußeren Umgebung. Es gibt ausdrückliche Hinweise auf die Anonymität des Zusammenlebens: der Ich-Erzähler wohnt seit einem Jahr in einem Wolkenkratzer am Doral Plaza, hat jedoch keinen Kontakt mit Mitbewohnern.
- Das Beispiel eines Verkäufers, der den Eindruck erweckt, als ob er mit dem Ich-Erzähler in einer Beziehung des geheimen Einverständnisses stünde, illustriert den Mangel an authentischer Kommunikation.

3. Zur inneren Situation des Ich-Erzählers:

- Die negative Erfahrung der Unzugänglichkeit der eigenen Wohnung (»konnte […] nicht öffnen«; »konnte [den Schlüssel] nicht umdrehen«) führt zur inneren Destabilisierung. Der Ich-Erzähler vollzieht absurde Handlungen (probiert mit dem Kofferschlüssel die Tür zu öffnen; hält Agnes für die Verursacherin des Problems) und verliert trotz einer abrupten Ernüchterung die Kontrolle über sein Handeln: »Ich war nicht mehr betrunken, aber es war, als denke ich nicht in meinem Kopf, als schwebten meine Gedanken irgendwo über mir.«

- Interpretation der Szene: Das verstörende Erlebnis des einsamen Partygängers im Flur einer Hochhausetage verbildlicht die grundsätzliche existentielle und psychosoziale Krisensituation des Ich-Erzählers. Der Verlust der Schlüsselgewalt und die (vermeintliche) Verschlossenheit des privaten Raums sind Sinnbild für seine Beziehungsunfähigkeit sowie für sein Unvermögen, die Barrieren des eigenen seelischen Innenraums zu überwinden.

Analyse eines literarischen Textes mit weiterführendem Schreibauftrag

Aufgabe

Beim gemeinsamen Betrachten des Untersuchungsmaterials von Agnes' wissenschaftlicher Arbeit über »die Symmetrien der Symmetriegruppen von Kristallgittern« (S. 20) kommt es zwischen den beiden Hauptfiguren zu folgendem Gespräch:

> »›Das sind Röntgenbilder von Kristallgittern‹, sagte Agnes. ›Die wirklichen Anordnungen der Atome. Ganz tief in fast allem ist Symmetrie […]. Das Geheimnisvolle ist die Leere in der Mitte […], das, was man nicht sieht, die Symmetrieachsen.‹

›Aber was hat das mit uns zu tun?‹ fragte ich. ›Mit dem Leben, mit dir und mir? Wir sind asymmetrisch.‹ ›Asymmetrien haben immer einen Grund‹, sagte Agnes. Es ist die Asymmetrie, die das Leben überhaupt erst möglich macht. Der Unterschied zwischen den Geschlechtern. Dass die Zeit nur in eine Richtung verläuft. Asymmetrien haben immer einen Grund und eine Wirkung‹« (S. 44–45)

- Erläutern Sie das Weltbild, das Agnes ausgehend vom physikalischen Modell der Kristallgitter entwickelt.
- Arbeiten Sie mögliche Zusammenhänge zwischen diesem Konzept und dem Romangeschehen heraus.

Lösungshinweise

Einleitung: Orientierende Einordnung des Textauszugs in die Romanhandlung

1. Die Physikerin Agnes schreibt an einer Dissertation über »die Symmetrien der Symmetriegruppen von Kristallgittern«. Dem Leser, der den Sachverhalt nicht oder nur teilweise kennt, müssen die wenigen wissenschaftlichen Informationen genügen, die Agnes hierzu gibt. Demnach handelt es sich bei den »trübe[n] Glasplatten«, auf denen die Kristallgitter nur bei näherem Hinschauen erkennbar sind, um »›Röntgenbilder‹«, welche »›die wirklichen Anordnungen der Atome‹« hervortreten lassen.

Agnes erforscht die unsichtbaren Symmetrieachsen zwischen den »in regelmäßigen Abständen« sichtbaren Punkten, die die Annahme nahelegen, dass »›[g]anz tief in fast allem […] Symmetrie‹« besteht. Auf den überraschenden Einwand ihres Geliebten hin, dass das menschliche Leben doch eigentlich asymmetrisch sei, reagiert Agnes mit der bestätigenden, aber paradoxen Aussage, dass diese »›Asymmetrie […] das Leben überhaupt erst möglich macht.‹«

Die Physikerin weist also den Einwand des Ich-Erzählers nicht ab, obwohl dessen These (»›Wir sind asymmetrisch.‹«) eine unbewiesene Behauptung ist. Sie baut diesen Gedanken vielmehr in das Modell einer geordneten Struktur der Atome ein, indem sie Merkmale der ›Unordnung‹ wie beispielsweise den »Unterschied zwischen den Geschlechtern« als Bedingung für das Leben betrachtet.

Folgt man den Ausführungen der jungen Frau, so stehen die statische Symmetrie der Atome und die dynamische Asymmetrie, die sich etwa bei der nur in eine Richtung verlaufenden Zeit zeigt, in einer wechselseitigen und ihrerseits wiederum symmetrischen Beziehung. Die Annahme einer grundsätzlichen Gesetzmäßigkeit der Dinge findet sich auch in Agnes' wiederholter Aussage, dass »›Asymmetrien […] immer einen Grund‹« bzw. »›immer einen Grund und eine Wirkung [haben].‹«

Agnes' Begeisterung gilt ganz offenkundig den Prinzipien der Ordnung. Sie möchte die ›geheimnisvolle Leere in der Mitte‹ der Kristallgitter erkunden. Indem die junge Frau nach physikalischen Erklärungen für unbestimmte und undefinierte Phänomene sucht, erweist sie sich als Vertreterin einer rationalistischen Weltsicht.

2. Das literarische Motiv des Kristallgitters kehrt in dem Roman *Agnes* mehrfach in abgewandelter Form wieder, so etwa in dem »Meer von kleinen Punkten« (69) auf dem Gemälde *Un dimanche après-midi à l'Ile de la Grande Jatte* (vgl. oben, S. 16).

Auch die Sterne, die auf dem Bildschirm des Ich-Erzählers »von einem Punkt in der Mitte aus in alle Richtungen« (150) wandern, erinnern ebenso an das Motiv der Kristallgitter wie die »sehr viele[n] Sterne« (126), die der Ich-Erzähler und Agnes in einer Dezembernacht vom Hochhausdach aus betrachten.

Das mit den Kristallgittern verbundene Motiv der Ordnung spiegelt sich in vielfältiger Weise in dem Roman, so beispielsweise in dem zwanghaften Ordnungsbedürfnis der Titelfigur (vgl. oben, S. 15 f.) oder auch in dem Bedürfnis des Ich-Erzählers, die Person der Geliebten nach seinen Vorstellungen zu gestalten (vgl. oben, S. 38 ff. und 56 ff.) Neben solchen inhaltlichen Manifestationen findet sich das Motiv der Ordnung in der strengen Komposition des Romanaufbaus, die als geradezu geometrisch bezeichnet werden kann (vgl. oben, S. 27 ff.).

Wenn der Ich-Erzähler die unerwartete Frage stellt, was die Symmetrie der Kristallgitter »›[m]it dem Leben‹« (45) zu tun habe, so gilt seine Frage implizit dem Sinn des Lebens. Die Antwort darauf bleibt ebenso geheimnisvoll wie die Leere in der Mitte, von der Agnes im Hinblick auf die Symmetrie der Kristallgitter spricht. Weder Agnes noch der Ich-Erzähler sind aufgrund ihrer entfremdeten

Haltung zum Leben in der Lage, glücklich zu werden. Während sie unter anderem durch ein neurotisches Verhalten und durch den Hang zur Selbstisolation auffällt, ist er darauf bedacht, dass seine Freiheit unangetastet bleibt und nicht durch die Übernahme von Verantwortung für andere Menschen eingeschränkt wird. Beide Hauptfiguren zeichnen sich durch Bindungsunfähigkeit aus (vgl. oben, S. 54 ff.).

Agnes definiert Glück in einer eigenwilligen Metapher, die auf die gemeinsame Betrachtung des impressionistischen Gemäldes *Un dimanche après-midi à l'Ile de la Grande Jatte* zurückgeht, mit folgenden Worten:

> »›Glück malt man mit Punkten, Unglück mit Strichen […]. Du mußt, wenn du unser Glück beschreiben willst, ganz viele kleine Punkte machen wie Seurat. Und daß es Glück war, wird man erst aus der Distanz sehen.‹« (69)

Agnes kann oder will nicht sagen, was sie unter dem Begriff des Glückes konkret versteht, sondern sie belässt es bei einer abstrakten und diffusen Annäherung an das von ihr Gemeinte. Sie begreift Glück nicht schon als spontane subjektive Empfindung eines Individuums, sondern erst als etwas, das außerhalb des gegenwärtigen Gefühls der späteren Objektivierung bedarf. Allein im Rückblick lässt sich ihr zufolge mit Sicherheit feststellen, ob man sich tatsächlich in einem Zustand persönlicher Erfüllung befand. So wie Agnes zwischen Zukunft (»wird man […] sehen«) und Vergangenheit (»dass es Glück war«) trennt, weist sie Glück und Unglück die gegensätzlichen Symbole Punkt und Strich zu.

Hier zeigt sich, dass Agnes etwa auch das Glück der Liebe nicht einfach bloß erleben kann, sondern dass sie ihm abwartend und skeptisch begegnet. Hochgefühle sind für sie Augenblicksereignisse, die erst in der quantitativen Vervielfachung »ganz viele[r] kleine[r] Punkte« als Glück bezeichnet werden können. Was aber den inneren Zusammenhang der Punkte betrifft, so bleibt er für Agnes ein Geheimnis, weil ihre eigenen Identitätsprobleme sie an einer unvoreingenommenen Teilhabe am Leben hindern.

Stellungnahme

Aufgabe

Der Literaturkritiker Malte Bremer (geb. 1947) hält Peter Stamms Roman *Agnes* in einem Beitrag vom 19. April 2013 als Lektüregegenstand des Deutschunterrichts für völlig ungeeignet. Hier ein Auszug aus seiner Kritik

> »Ich habe den Roman gelesen, ganz gelesen sogar, obwohl ich schon beim ersten Absatz die Lust verloren habe – immerhin war ich in zwei Stunden durch.

Zum Nachdenken gab es nix. Humor? Fehlanzeige. Überraschungen? Null. Stil? Hölzern – wobei man hier einwenden könnte, der Erzähler sei schließlich ein Sachbuch-Autor, und da deutsche Sachbuchautoren (im Gegensatz zu den angelsächsischen) in der Regel keinerlei Interesse an einem unterhaltsamen Stil haben, würde das ja wohl passen [...].
Was ist so interessant an diesem Sachbuchschreiber mit seinem Ich-will-auch-ein-richtiger-Schriftsteller-sein-Problem? Was könnte 18-jährige Schülerinnen und Schüler daran interessieren? Inwiefern bereichert das ihr Leben? Ist das eine lohnenswerte Leseerfahrung? Empfinden sie etwas von der Macht der Worte, der Sprache? Was könnten sie daraus lernen? Dass ein Mann besser auch selbst verhütet, wenn er keine Schwangerschaft will, statt alles seiner Partnerin zuzuschieben?«

Aus: *www.literaturcafe.de/peter-stamm-agnes-oder-wie-man-schuelern-die-lust-am-lesen-austreibt.* – Mit Genehmigung von Malte Bremer, Villingen- Schwenningen.

Nehmen Sie zu der negativen Aussage von Malte Bremer begründet Stellung.

Lösungshinweise

Wichtig: Für die Beurteilung Ihres Kommentars ist es nicht entscheidend, ob Sie den zitierten Standpunkt teilen oder ablehnen; wichtig ist vielmehr, ob 1. Ihre Argumentation in sich schlüssig und nachvollziehbar ist, und 2., dass Ihre Aussagen am Text belegt werden.

Sinnvoll ist es, nicht nur Argumente für eine Seite zu sammeln und daraus die eigene Meinung abzuleiten, sondern auch die andere Seite zu erörtern und in einer begründeten Abwägung und Gewichtung der gegensätzlichen Argumente eine eigene Meinung zu erarbeiten.

Vorangestellt werden muss der Stellungnahme eine Einleitung, in der z. B. die Aussage von Malte Bremer in eigenen Worten zusammengefasst werden kann. Zwei Aspekte können unterschieden werden:

- *Agnes* sei sprachlich-stilistisch misslungen.
- *Agnes* sei inhaltlich für Schülerinnen und Schüler uninteressant.

Folgende Argumente sprechen z. B. für Malte Bremers Aussage:

- Der Roman verwendet durchgängig eine sehr einfache Sprache, sehr kurze Sätze (Parataxe), so dass der Text wenig lebendig und sehr plakativ wirkt.
- Der Tod der jungen Frau berührt den Leser nicht wirklich.
- Die Atmosphäre ist überwiegend dunkel, kalt und bedrückend dargestellt.
- Das Handlung ist zu konstruiert: Wer bringt sich aufgrund einer Geschichte tatsächlich ums Leben?

Folgende Argumente sprechen z. B. gegen Malte Bremers Aussage:

- Die einfache Sprache ist gekonnt verwendet und soll dem Leser Raum geben, die Leerstellen selbst zu füllen.
- Der Text enthält sehr viele Motive, Symbole und intertextuelle Verweise, die vom Leser entschlüsselt und aufeinander bezogen werden können.
- Der Roman greift mit dem Motivgeflecht aus Beziehungsproblematik, Bindungsangst und Angst vor Selbstverlust eine existentielle Problematik der Gegenwart auf.
- *Agnes* ist das sensible Porträt einer Frau, die vergeblich die Leere ihres Lebens zu füllen sucht.

Die Argumentation kann auf zwei Weisen organisiert werden: Entweder werden zunächst alle zustimmenden, dann alle widersprechenden Argumente jeweils im Zusammenhang dargestellt, oder es werden die einzelnen Argumente sofort in ihrem Für und Wider erörtert.

Schluss: Die persönliche Stellungnahme erfolgt über die Gewichtung der Argumente. Es gibt keine richtige oder falsche Position.

11. Literaturhinweise / Medienempfehlungen

Literatur

Peter Stamm: Agnes. Roman. Frankfurt a. M.: Fischer Taschenbuch Verlag, ^{24}2016. [Diese Ausgabe liegt dem Lektüreschlüssel zugrunde.]

Aeschbacher, Marc: Tendenzen der schweizerischen Gegenwartsliteratur (1974–1994). Bern 1997.

Dreier, Ricarda: Literatur der 90er-Jahre in der Sekundarstufe II. In: Lange, Günter / Ziesenis, Werner (Hrsg.): Deutschdidaktik aktuell. Bd. 19. Hohengehren 2005.

Kammler, Clemens: Deutschsprachige Literatur seit 1989/90. Ein Rückblick. In: Kammler, Clemens / Pflugmacher, Torsten (Hrsg.): Deutschsprachige Literatur seit 1989. Zwischenbilanzen – Analysen – Vermittlungsperspektiven. Heidelberg 2004. S. 13–36.

Knobloch, Hans-Jörg / Koopmann, Helmut: Deutschsprachige Gegenwartsliteratur. Tübingen 1997.

Pezold, Klaus (Hrsg.): Schweizer Literaturgeschichte. Die deutschsprachige Literatur im 20. Jahrhundert. Berlin 1991. Neuausg. Leipzig 2007.

Rusterholz, Peter / Solbach, Andreas (Hrsg.): Schweizer Literaturgeschichte. Stuttgart 2007.

Sabalius, Romey: Das Bild der USA in der zeitgenössischen Literatur der deutschsprachigen Schweiz. In: Ders. (Hrsg.): Neue Perspektiven der deutschsprachigen Literatur der Schweiz. Amsterdamer Beiträge zur neueren Germanistik. Bd. 40. Atlanta 1997.

Schnell, Ralf: Geschichte der deutschsprachigen Literatur seit 1945. 2., überarb. und erw. Aufl. Stuttgart/Weimar 2003.

Wimmer, Kathrin: Lebendiges Kunstwerk, tödliche Kunst: Der Pygmalionmythos in Peter Stamms *Agnes*. In: Gegenbilder – literarisch/filmisch/fotografisch. Hrsg. von Corina Erk und Christoph Naumann. Bamberg 2013. S. 151–169.

Zeller, Rosemarie: Der neue Roman in der Schweiz. Die Unerzählbarkeit der modernen Welt. Freiburg 1992.

Internetadressen

Webseite Peter Stamm:
www.peterstamm.ch

Autorenporträt Peter Stamm:
www.youtube.com/watch?v=6JBZI5iitdo

Interview mit Peter Stamm:
www.youtube.com/watch?v=vG8Td6hoZ5E
(Letzter Zugriff: 10. 11. 2016)

Kinofilm

Agnes. Regie: Johannes Schmid. Drehbuch: Nora Lämmermann und Johannes Schmid nach dem Roman *Agnes* von Peter Stamm. Mit Odine Johne, Stephan Kampwirth, Sonja Baum [u. a.]. Deutschland 2016. 106 Minuten.

12. Zentrale Begriffe und Definitionen

Auktoriale Erzählsituation: ➤ Erzählsituation.

Autor/Autorin: allgemeine Bezeichnung für Verfasser von fiktionalen (literarischen) oder nicht-fiktionalen (sachbezogenen) Texten (lat. *auctor* ›Urheber, Schöpfer‹). Autor und Autorin sind im literaturwissenschaftlichen Sprachgebrauch von dem ➤ Erzähler zu unterscheiden, welcher als fiktive (erdichtete) Gestalt in Werken erzählender Prosa zwischen den Lesern und den erzählten Zuständen und Vorgängen vermittelt. Der Roman *Agnes* ist demnach zwar von dem Schweizer Schriftsteller Peter Stamm verfasst, doch wird seine Geschichte von einem namenlosen ➤ Ich-Erzähler vorgetragen, der mit dem Autor nicht identisch ist.

Bild: In der erzählenden Literatur dienen Bilder der Veranschaulichung von Situationen und Sachverhalten. In seiner einfachsten Form, dem eigentlichen Bild, handelt es sich um konkrete Beschreibungen der (fiktiven) Wirklichkeit. Peter Stamm verwendet das Stilmittel sehr häufig, so etwa in einer Szene, in welcher der Ich-Erzähler eine kurze Video-Sequenz betrachtet, die Agnes während der Rückfahrt von einem Ausflug aufgenommen hatte: »Ich, während der Heimfahrt am Lenkrad des Autos von der Rückbank aus gefilmt. Die Scheibenwischer. Manchmal ein Auto vor uns. Mein Hinterkopf, meine Hände am Steuer« (153).

Peter Stamm benutzt hingegen nur wenige abstrakte Sprachbilder wie etwa Allegorien, Gleichnisse, Symbole oder Metaphern. Doch schon das soeben zitierte ›einfache‹ Bild des Ich-Erzählers als Autofahrer ist geeignet, in dem Geschauten eine dichterische Verfremdung der

Wirklichkeit zu erkennen, die im Zerfall des Menschen in seine Körperteile (»Hinterkopf«, »Hände«) zum Ausdruck einer Entpersonalisierung des Menschen wird.
➤ S. 35, 61

Binnenhandlung: Erzählung, die in eine ➤ Rahmenerzählung eingebettet ist. ➤ Intradiegetische Ebene.
➤ S. 28

Charakter: Bezeichnung für jede literarische Figur, die sich – im Gegensatz zum Typus – durch unverwechselbare individuelle Eigenschaften auszeichnet. In *Agnes* trifft die Bezeichnung für den Ich-Erzähler nur eingeschränkt zu. ➤ Titelfigur.
➤ S. 14 ff., 22 ff.

Dialog: Gespräch zwischen zwei oder mehreren Figuren. In *Agnes* finden sich immer wieder Wiedergaben von Gesprächen. Diese wirken in Stamms Roman sehr häufig inhaltsleer und banal.
➤ S. 36 f.

Direkte Rede: unmittelbare, wörtliche Wiedergabe von Aussagen innerhalb der erzählten Handlung. In *Agnes* ist die häufige direkte Rede durch Anführungszeichen kenntlich gemacht: »Dann sagte Agnes: ›Ich bin schwanger … Ich kriege ein Kind‹, sagte sie. ›Freust du dich?‹« (89).
➤ S. 36 f.

Erzähler/Erzählerin: eine vom ➤ Autor erfundene (und deswegen von ihm zu unterscheidende) Figur, die der Leserin / dem Leser das Geschehen aus ihrer Sicht (➤ Erzählperspektive) vermittelt. In *Agnes* handelt es sich um einen (unzuverlässigen) namenlosen ➤ Ich-Erzähler.
➤ S. 64–66

Erzählerbericht: geraffte und chronologische Darstellung einer fiktiven Handlung durch den Erzähler.
So fasst der Ich-Erzähler in *Agnes* beispielsweise die Er-

eignisse innerhalb der Wochen, die auf die Trennung seiner schwangeren Geliebten von ihm folgen, in wenigen Sätzen zusammen: »Fast jeden Abend ging ich aus, meistens ins Kino und danach in eine Bar. Ich kam kaum mehr ins Bett, ohne betrunken zu sein. Tagsüber hielt ich es in der Wohnung nicht aus. Ich verbrachte ganze Tage in der Bibliothek, ohne zu arbeiten [...]« (97).

➤ S. 20

Erzählerkommentar: Eingriff des Erzählers in den Erzählzusammenhang, etwa in der Form von Bewertungen, Einwänden, Urteilen und Reflexionen. Der Erzählerkommentar ist das typische Merkmal von auktorialen ➤ Erzählsituationen.

➤ S. 25, 51, 61

Erzählerwissen: der Umfang der Kenntnisse des ➤ Erzählers in Bezug auf das erzählte Geschehen kann, wie in ➤ auktorialen ➤ Erzählsituationen, sehr umfassend, aber auch mehr oder weniger begrenzt sein.

So hat der Ich-Erzähler in *Agnes* am Schluss der ➤ Binnenhandlung keine Informationen über den Aufenthaltsort seiner Freundin. Dass sie zu diesem Zeitpunkt als Figur entweder der ➤ intra- oder der ➤ metadiegetischen Geschichte »tot« (9) ist, kann er erst im Rückblick innerhalb der ➤ Rahmenhandlung mitteilen. Ohnehin bleibt das Wissen des Ich-Erzählers gerade über die von ihm (mutmaßlich) geliebte Frau bis zum Ende sehr dürftig und insgesamt auch unzuverlässig.

➤ S. 64–67

Erzählhaltung: bezeichnet die Art und Weise, wie der Erzähler die Figuren und Situationen sieht und bewertet (➤ Erzählerkommentar). Er kann darüber beispielsweise humorvoll oder ernst, unkritisch (affirmativ) oder kritisch (distanziert) Auskunft geben und urteilen.

Erzählperspektive: bezeichnet den Standpunkt oder Blickwinkel (*point of view*), von dem aus ein Geschehen dargestellt wird. Dieser kann 1. durch einen objektiven Überblick über das Geschehen, 2. durch eine eingeschränkt subjektive Betrachtungsweise (wie in *Agnes*) oder 3. durch eine multiperspektivische Sichtweise verschiedener Figuren gekennzeichnet sein.

➤ S. 36

Erzählsituation: Der Erzähler kann 1. als souveräner Kenner der Sachverhalte und Figuren einen allgemeinen Wissensvorsprung besitzen und quasi allwissend sein (auktoriale Erzählsituation). 2. In sog. personalen Erzählsituationen hingegen tritt der Erzähler hinter eine oder mehrere der Figuren zurück, aus deren Sicht dann das Geschehen in der Er/Sie-Form erzählt wird. 3. In sog. neutralen Erzählsituationen enthält sich der Erzähler jeglicher Bewertung des Geschehens und der Figuren.
In *Agnes* bestimmt die persönliche Sicht des Erzählers die Wahrnehmung der Figuren und Dinge (personale Erzählsituation). Der ➤ Ich-Erzähler ist gerade dann besonders parteiisch und unzuverlässig, wenn er beim Verfassen der Agnes-Geschichte beispielsweise Tatsachen durch Hinzufügungen oder Auslassungen beschönigt und manipuliert.

➤ S. 27 f., 35

Erzählte Zeit: Handlungsdauer bzw. Zeitraum, über den sich die erzählte Handlung eines Textes erstreckt.
In *Agnes* umfasst sie neun Monate.

➤ S. 67

Extradiegetische Ebene: lat. *extra* ›außerhalb‹; Ebene vor bzw. außerhalb der eigentlichen Erzählung. ➤ Intradiegetische Ebene.

➤ S. 27

Figur: im Text auftretende fiktive Person. Man unterscheidet Haupt- und Nebenfiguren.

Ich-Erzähler: fiktionale Figur, die in der ersten Person Singular spricht und in das Geschehen verwickelt ist. Sie teilt aus ihrer subjektiven Sicht Gedanken oder Erlebnisse mit und schildert auf diese Weise die Handlung.

In *Agnes* gibt der Ich-Erzähler beispielsweise Einzelheiten aus dem Zusammenleben mit der Geliebten wieder: »Unser Leben war ruhig, unsere Tage glichen einander, und wir waren zufrieden. Wir hatten uns schnell aneinander gewöhnt. Ich machte den größten Teil der Hausarbeit, kochte für Agnes und wusch ihre Sachen« (67).

➤ S. 22–24

Intertextualität: Bezüge/Verweise zu anderen (literarischen) Texten, in *Agnes* beispielsweise zu Ovids *Metamorphosen.* ➤ Postmoderne.

➤ S. 81

Intradiegetische Ebene: (griech. *diegesis* ›Erzählung, Erörterung‹) bezeichnet alles, was innerhalb (lat. *intra*) der eigentlichen, erzählten Welt stattfindet (in *Agnes* etwa die Geschichte der Beziehung zwischen dem Ich-Erzähler und Agnes in Kapitel 2 bis 35, die ➤ Binnenhandlung) – im Gegensatz zur metadiegetischen Ebene, die eine Fiktion innerhalb der Fiktion bezeichnet (Beispiel: in *Agnes* verfasst der Ich-Erzähler nach seinen eigenen Vorstellungen eine Geschichte über Agnes), und zur ➤ extradiegetischen Ebene, die der intradiegetischen Ebene zugrunde liegt (in *Agnes* die Rahmenhandlung in Kapitel 1 und 36, in der der Ich-Erzähler sich rückblickend an seine Geschichte mit Agnes erinnert).

➤ S. 28

Metadiegetische Ebene: griech. *meta* ›inmitten, unter,

nach‹; Ebene inmitten der eigentlichen Erzählung, untergeordnete Erzählebene. ➤ Intradiegetische Ebene.
➤ S. 34 f.

Parataxe: Form der sprachlichen Darstellung, in der einzelne Haupt- oder gar nur Teilsätze aneinandergereiht sind (im Gegensatz zur Hypotaxe, die durch hierarchische Satzgefüge mit Haupt- und Nebensätzen gekennzeichnet ist). Dadurch entsteht – wie im folgenden Beispiel – der Eindruck einer hohen Tatsachendichte und eines nüchternen Berichtens: »Agnes drehte sich um und weinte in ihr Kissen. Das Buch fiel zu Boden. Ich hob es auf und deckte Agnes zu. Sie schlief bis gegen Abend, und ich las« (131).
➤ S. 36 f.

Postmoderne: Bezeichnung einer internationalen Erneuerung der Kunst seit den 1960er Jahren, speziell auch der Literatur. Kennzeichnend sind die Bevorzugung spielerischer Ausdrucksformen, die ironische Brechung des eigenen Schreibprozesses und die Mischung verschiedener Stilrichtungen sowie die Vielzahl der direkten und indirekten Anspielungen auf andere Texte (➤ Intertextualität) und Medien (Intermedialität).
In *Agnes* finden sich eine Fülle von Hin- und Verweisen auf Gemälde von Georges Seurat (*Un dimanche après-midi à l'Ile de la Grande Jatte*), Ernst Ludwig Kirchner (*Gebirgslandschaft*) und Oskar Kokoschka (*Mörder, Hoffnung der Frauen*), auf Romane (Hermann Hesse: *Siddharta*), auf Gedichte (William Shakespeare: *Sonett 18*; Dylan Thomas: *A Refusal to Mourn the Death, by Fire, of a Child in London*; John Keats: *The Eve of St. Agnes*; Robert Frost: *Stopping in the Woods on a Snowy Evening*) und Gedichtsammlungen (*Norton Anthology of Poetry*) sowie auf Ratgeberliteratur (*What good girls don't do*) und Musik (Mozart). Andere Referenzen erschließen sich nur mittelbar,

so etwa die Anbindung an den Schöpfungsmythos der Pygmalion-Geschichte.

➤ S. 81

Protagonist: Hauptfigur eines Textes. In *Agnes* ist dies die ➤ Titelfigur, Agnes.

➤ S. 14

Rahmenhandlung: Erzählung, die – wie bei einem Bild – den äußeren Rahmen bzw. den Hintergrund für eine oder mehrere ➤ Binnenerzählung(en) bildet. ➤ Extradiegetische Ebene.

➤ S. 27f., 35

Titelfigur: Figur eines literarischen Werkes, deren Name auch den Titel des Werkes bildet.

➤ S. 14